さん、お貸しします

和泉 桂

幻冬舎ルチル文庫

CONTENTS ✦目次✦

花嫁さん、お貸しします

✦カバーデザイン＝高津深春（CoCo.Design）
✦ブックデザイン＝まるか工房

イラスト・神田 猫✦

花嫁さん、お貸しします

――結婚式を挙げることになりました。

幼馴染《おさななじ》みと見知らぬ女性の名を連ねて印刷された白い封筒が届いたときから、衡山忍《ひらやましのぶ》はひどく嫌な予感がしていた。

不吉な思いに駆られつつ金色のシールの封印を外すと、中から出てきた招待状には半年後の結婚式の日取りと会場の名前が書かれている。

添えられた手紙にはスピーチを頼みたいという言葉とともに、メールと電話で打診したが返事がなかったのでこうしたと、突然のことに非礼を詫《わ》びる文面がしたためられていた。

「…………」

一人暮らしには広すぎる2LDKのマンションの一室、鞄《かばん》を床に置いてからソファにどっかと座り、忍はもう一度純白の招待状を眺めた。

五年前、幸い新築で入居した物件は、当時流行《はや》りだったデザイナーズマンションだが、先鋭的すぎずに暮らしやすい。五年経《た》っても古びないし、むしろ愛着が増す一方だ。

WEBデザイナーをしている忍の職場は、営業に行くとき以外は服装は自由なので、普段からカジュアルそのものの格好をしている。

従って、家に帰ってからも上着を脱いだだけでだらだらしてしまうことも多い。

「メールねえ……」

一人の気安さから小さく呟《つぶや》いた忍は、それから「ん」と眉《まゆ》を顰《ひそ》める。

そういえば、二か月ほど前だったかメールアドレスを変更した。そのときにまとめて友人たちに知らせたのだが、幼馴染みの浩二《こうじ》には出していなかったかもしれない。タイミングによっては携帯もオフにしているから、電話連絡ができないときは多い。

それにしたって、あの浩二が結婚だって？

東京近郊で育った忍は、三軒隣に住む浩二とは高校時代までは親しくつき合っていた。忍は進学、浩二は地元の専門学校へ行くとかで道を違《たが》えたものの、あれから十年、帰郷の折りは必ず飲みに誘っている。

今年の頭に会ったときは、そんな話をしていなかったくせに。

何よりも、忍と違って女性関係の派手な浩二が結婚——古式ゆかしい表現では年貢を納めるなんて想定外だ。

正直、ものすごく動揺している。

これまでの大学の同期や会社の同僚が結婚したときだって、こんなに動揺しなかった。

結婚イコール人生の墓場ではないけれど、結婚することは、好きな人と一緒にいられる代わりに自由を捨て去ることだという認識はある。

ため息をついた忍はそれをダイニングテーブルのうえに放り投げ、冷蔵庫に手をかける。

だが、すぐにやめて行きつけのピッツェリア兼バーへ向かうことにした。

忍の住むマンションから歩いて五分足らずのところにある『シグナル』は、カウンターとテーブルが二つ、立ち飲みも可能な気楽な店だ。いつも空《す》いているので忍が文庫本を持ってふらりと入って長居してても、まず、文句は言われない。ただし、週末など混《こ》みだしたときは空気を読んでさっさと帰るのが常だ。

この店も、引っ越しを機に新規開拓した大切な場所だ。

東京二十三区でも南部に位置するこの地域は、のんびりしているし、何よりも通勤にも便利だ。特に忍の職場は鎌倉《かまくら》なので、横須賀線沿線では出勤にも都合がいい。

朝は下り列車で出勤できるというのは、酷《ひど》いラッシュに揉《も》まれなくていいのでストレスが軽減される。

「いらっしゃいませ」

キッチンに入っていた美緒《みお》が挨拶《あいさつ》をしてきたので、忍は「こんばんは」と笑んだ。

ボール紙に貼られたメニューはビールが十種類、それにピザが表示されている。この店の売りの一つは焼きたてのピザで、イタリア産の粉からしてこだわっているという。

ピザ以外の今日のお勧めは、黒板に表記されている。

「ビール……この、三番目のピルスナーお願いします」

「はーい」

メニューを見てからさっさとビールだけを選び、カウンターの端に陣取る。するとピザを焼いていた店主の戸越《とごし》がちらりと視線を送ってきた。

「なに、何かあったか？」

普段は口数の少ない戸越だけに、珍しかった。

「え」

「暗いよ」

一言で心情と雰囲気をまとめられて、忍は苦笑する。まるでひっそりと藻が揺れる水槽みたいに落ち着いたこの店で、そんなことを言われるほどに自分は沈んで見えるんだろうか。

「幼馴染みが結婚するんだ。それで」

「初恋の子とか？」

「あ、いや……そうじゃなくて」

言われてみれば、幼馴染みが結婚してショックを受けているとなれば、普通は相手が異性だと思うものだろう。

とんでもない誤解だった。

ああ、でも……確かに、浩二とは物珍しさから濃厚なスキンシップに及んでしまったことはある。だが、それは第二次性徴の頃の好奇心の賜《たまもの》で、互いに扱《しご》いてみるとかその程度の話だ。

今にして思えば、興味があったからといってそこまで行くのもなかなかすごいことだと思うが……ともあれ、浩二には恋愛感情はいっさいなかった。

「俺、高校デビューなんだ」

回想の末に、忍はそんなことを口走る。

社会人となって数年、やっと自分を客観視できるようになったからこそ、かつての格好悪かった自分を肯定できるようになっていた。

少なからず吹っ切れたのだ。

「あら、そうなの？　衡山さん、イケメンなのに意外」

「コンプレックスあるから、外見には気を遣ってる」

「元がいいから、いい方向に作用したんじゃない？　普通は気を遣ったってイケメンにはなれないわよ」

「それは親に感謝だな。でも、今でこそ褒めてもらえるけど昔は違った」

軽口を叩いた忍はビールグラスを持ち上げ、唇をつけて喉《のど》を潤す。

「中学のときまでは太めで見るからにもっさりしていたんだ。それをいろいろアドバイスしてくれたのが浩二で」

そこで言葉を切り、ピルスナーを半分ほど呷《あお》ってから続けた。

「いいやつなんだけど女の子にはだらしなくてさ。さんざん遊んでたのを知ってるせいで、急に結婚なんて言われても結びつかないよ」

どこか取り残されたような淋《さび》しさ、とでもいうのだろうか。

幼少期を共に過ごした相手が、ふっと消えてしまったような。

「何で結婚なんてするのかねえ」

「それは既婚者に喧嘩売ってるんじゃない？　ねえ、てっちゃん」

彼女はそう言って、配偶者である戸越にちらりと視線を向けた。

「ごめん、そういうつもりはないんだけど……」

「わかってます。冗談です」

美緒は小さく笑ってから、続けた。

「あ！　ねえ、だったら、衡山さんも結婚しちゃえば？」

「え」

あまりにも意外な美緒の言葉に、忍は目を丸くする。

「俺が？」

「うん」

「簡単に言ってくれるけど、相手がいないと結婚はできないんだよ」

「わかってるけど、衡山さんなら、その気になればすぐに見つかるわよ。見るからに優しそうだし、実際、穏やかだし。誰かと結婚してみれば、その幼馴染みさんの気持ちもわかるんじゃない？」

「飛躍しすぎだろ」

黙ってやり取りを耳にしていた戸越がぼそっと低音で注意したが、美緒はまるで気に留めていないようだった。

「飛躍してるかは置いといて、そう簡単に相手が見つかれば苦労しないよ」

確かに見た目はそれなりにいいほうだとの自負はある。中学生までに苦労していたぶん、外見にだって気を遣っている。そのほうが楽だとわかっていたし、自分も気分がいいからだ。

だが、外見を磨けば、それに比例するように見た目重視の女性が近寄ってくるようになった。

おかげで、もともと読書が好きで一人静かに過ごすのを好む——どちらかといえば陰気な忍にしてみれば、好みとは真逆なのに纏《まと》わりついてくる女性陣の対処にうんざりしていた。

女嫌いというわけではないが、女性は得てして面倒だ。

だからこそ、来る者は拒み、去る者は追わずという孤独なスタンスを貫いていた。

学生時代の数少ない友人を除けば、腹を割って話せるのはこの店の二人くらいだ。

「まずは彼女からでいいじゃない。今、フリーなんでしょ?」

「うん」

おかげで彼女いない歴は、今のところ半年以上続いている。

今度こそと思ったＯＬとも長続きしなかったので、半ば諦《あきら》めかけているところだった。

「うちの店だって衡山さん目当ての子はいるし、募集したらあっという間だと思うけどなあ」

「ここ、そういう店じゃないよね？」

「そうだけど、常連さんは特別」

特別扱いされたって、嬉しくはない。

「考えておくよ」

取り合うのが面倒になった忍は生返事をし、何気なく持ってきた文庫本に目を落とす。そのうちに客が増えて話しかけられなくなったので、忍は速いペースで合計ビールを三杯飲み、会計を済ませた。

まだ、飲み足りない。

そう思いつつ、忍は帰路を辿《たど》る。

闇《やみ》に包まれてもなお、街灯や行き交う自動車のヘッドライトでこの街はまだまだ明るい。

生まれ育った静かな住宅地とは、まるで違っている。

そんな感傷に浸ってしまうのも、あの招待状が原因だろう。

我ながら、なぜこんなにナーバスになっているのか。

周囲がぱたぱたと結婚を決めていく最中、浩二までもが追随しているせいだろうか。

そんなに結婚というのは魅力的なのか？

一人のほうがずっと気楽じゃないか。

「ただいま」

当然のことながら、返答はなかった。

一人暮らしの身の上で、返事なんてあるわけがないのだ。

確か買い置きの日本酒があったはずだとキッチンの戸棚を探ると、未開封の一升瓶が見つかった。

普段は平日にここまで飲んだりしないのだが、深酒したい気持ちだった。

たかだか、幼馴染みにすぎない。帰省した折りに一年に一度会うか会わないかの古い友人だ。毎日顔を合わせているような、親しい間柄じゃない。

あらかじめ浩二が伏線を張ってくれていればこんな気持ちにならなかったのだろうか。

いや、違う。

どちらにしても、この取り残されたみたいな喪失感からは逃れられなかったはずだ。

「結婚か……」

考えたところで、結婚に踏み切った浩二の気持ちがわかるわけがなかった。

忍はこれまでに、誰かと結婚したいと思ったことなんてない。恋人とふわふわしたつき合いはしていたが、それだけだったからだ。

美緒の言うとおり、俺も結婚してみればいいんだろうか。

——馬鹿だな。こんなやけっぱちみたいな気分で結婚なんて相手が見つかるはずがない。

これまでつき合ってきた女性は何人かいるけれど、結婚というゴールを思い描いたことはなかった。

結婚って何だ？　どういうものなんだろう？

どういう心境になれば、相手と生涯を添い遂げたくなるんだ？

無性にその正体を見極めたくなり、ノートパソコンを開いた忍は『結婚』という言葉で検索をかける。

結婚した人の体験談、結婚式場、婚活サイト――これまで縁がなかった単語ばかりで目がちかちかしてくる。

いい加減に飽きてきたその頃、忍は違和感のある単語を見つけた。

――花嫁、花婿《はなむこ》のレンタルなら当社へ！

検索結果に添えられたその惹句《じゃっく》に目を留める。

花嫁と花婿のレンタル？

意味が、わからない……。

気づくとその文章をクリックし、忍はサイトを開いていた。

株式会社ジューンブライド。

白とピンクが基調の、シンプルだが可愛らしいサイトだ。

ＷＥＢデザイナーという職業上、つい、サイトのデザインに注目してしまう。

『当サイトは、最長二週間まで花嫁・花婿を派遣する人材派遣サービスです』

まずは一行目からして、忍の関心を誘った。

ハウスキーパーとはどう違うのだろうか?

『ご利用方法は、単身で田舎に帰るとつらい人や、親につい結婚したと嘘をついてしまったなど……』

なるほど、言ってみれば偽装花嫁だ。

『また、結婚の予行演習としてもお勧めします。今ならモニター価格で一日一万円』

えらく安いな、と忍は眉根を寄せた。

見出しの下を読んでみると、『※ただし、モニターの方には当サイトに掲載する体験レポートを提出していただきます』と赤文字で但し書きがある。

会員登録は、花嫁・花婿のプロフィールを閲覧するためか有料。支払いはウェブマネーで千円と書いてある。

運営会社は母体が忍も知っているIT関連会社だったので、その点は信用することにし、フリーメールを使ってとりあえず登録してみることにした。

千円なら、一冊本を買うのを我慢したと思えば許容範囲だ。

あとになって考えてみると、かなり酔っていたのだろう。それくらいに、普段の忍とはまったく違う向こう見ずなことをしていた。

手早く登録を済ませると、今度は花嫁のプロフィールを閲覧できるようになっていた。

花嫁・花婿というボタンのうち花嫁の項目をクリックしたところ、『ここに花嫁候補のプロフィールが掲載されます』の画面がぱっと切り替わる。

「お」

顔写真と名前が並んでいて、（　）の中は年齢だ。

美人系からぽっちゃり系まで、十数人の写真と簡単なプロフィールが並んでいる中で、一人だけやけに地味で化粧っ気《け》のない人物が目についた。

ショートカットで服装も地味だし、何というのか少し野暮ったい。

どちらかといえば、田舎の女子高生というイメージだ。

だけど、ものすごく——可愛い。

自分にロリコンの気があったとは考え難いが、とにかく、この子はいい。

正直にいえば、かなりタイプだった。

かといって今の忍がこういうタイプに言い寄ると、どうせ遊びなのだろうとか、単なる好奇心だろうとか、とにかく警戒されかねない。

好奇心というのは否定しないが、一目で「いい」と思った。

この子の外見は、たまらなく好みだ。

花嫁の派遣なんて眉唾《まゆつば》だろうが、こういう清楚なタイプの女性とだったら是非ともつき合ってみたい。
忍は半ば衝動的に彼女の名前をクリックしていた。

新婚生活

1日目

来客を示すブザーの音で目を覚ました忍は、ぐしゃぐしゃの髪を手ぐしで撫《な》でつけてから玄関へ向かう。さすがに洗顔もしないと無精髭《ぶしょうひげ》が生えてしまっているが、どうせ顔見知りの宅配便のドライバーだろうと予想がつく。

というか、それ以外に来客なんてあるはずがないからだ。

「どうも、すみません」

謝りながらドアを開けて顔を出した忍は、小柄で地味な服装の男性の姿を認めてつい訝《いぶか》しげな表情になる。

いつも来るドライバーとは、違う。いや、それ以前に、運送会社の制服を身につけていなかった。

「あの？」

その二文字にどなたなのですかという意味を込めてみる。

俯《うつむ》いていているせいで、訪問者の顔は見えない。

相手はジャケットとコットンパンツというありふれた無難すぎる服装で、背中には黒いデイパック、そして、足許《あしもと》にはくたびれたスポーツバッグを置いていた。

およそ宅配便業者には見えないが、訪問販売だろうか。

「あれ？」

彼の第一声は忍に負けず劣らずのただの二文字。

彼は一瞬口をぱくぱくさせてから、すぐに視線を落とした。

「株式会社ジューンブライドから派遣されてきた、桃川侑《ももかわゆう》です」

意外にも滔々《とうとう》とした返事があり、忍の疑念は募った。個人で派遣社員なんて雇うはずがないのに、どんな新手の詐欺商法だろう。

ジューンブライド？

まったく記憶にないし、そのうえに派遣という言葉の意味がわからない。

宗教じゃないならセールスだ。

「モモカワさん？」

「はい」

「ジューンブライド？」

「ええ」

「派遣？」

「そうです」

――だめだ、まったく記憶にない。

対話を断念して無言でドアを閉めようとしたが、「衡山忍さんですよね」と相手が確認してきたのでうっかり手を止めた。

「……そう、ですけど」

表札には苗字《みょうじ》すら出していないのに、なぜわかったのだろう。

そこで初めて、忍は相手の顔をまじまじと見る。

やや奥二重だが大きな目。まなじりが下がっていて、何とも言えず愛嬌《あいきょう》がある。口は小さくて、まだ春先で寒いのかほっぺたがほわっと赤い。

同性とはいえ顔だけなら好みだし、どこかで見たことがあるような気がする。

取引先でもないし、行きつけのコンビニエンスストアの店員でもないし……だめだ、薄ぼんやりとした記憶しかない。

「ジューンブライドは、花嫁レンタルサービスです」

「は？」

短く聞き返しながら、同時に、朧気《おぼろげ》だった記憶が少しずつ呼び覚まされていく。

「今日から花嫁派遣の依頼を受けていて、既に前金もいただいているのですが」

「あ」

そういえば、先々週、やけっぱちで花嫁派遣の登録をして勢いで前金もカード決済して――特に連絡もなかったし、それきり、仕事が忙しくてすっかり忘れていた。

――だが。

「君、もしかして女の子？」

「いえ、僕は男です」

「花嫁なのに？」

「衝山さんも男性……ですよね？」

「女性に見える？」

「いえ……」

……よくわからん。

記憶はそれなりに甦《よみがえ》ってきたものの、男の花嫁を頼んだ覚えはまったくない。そもそも、男だったら花婿だ。

侑が居心地悪そうに足をもじもじさせたので、そこで初めて忍は自分が彼を吹きさらしの外廊下に立たせたままだったのに気づいた。

「すみません、一度入ってください」

部屋に上げてしまえば面倒になりそうだったが、かといって、この途方に暮れた顔つきの青年を放り出すのは申し訳なく思えた。

忍は決してお人好しではないけれど、彼は、なぜだか放っておけない雰囲気を醸し出しているのだ。

「お邪魔します……あ、ここは普通ただいまと言わなくてはいけないのですが……」

意味不明な注釈をつけ加える侑をひとまずリビングに案内し、お茶の一つも出さないのはおかしいだろうと、忍は手早くドリップ式のコーヒーを淹《い》れる。本当は休日の朝の一杯は豆から挽《ひ》きたかったのだが、時間がない。

「どうぞ」

「いただきます」

ソファにちょこんと腰を下ろした侑は、可愛らしい外見に反してブラックのままコーヒーを飲むと、きりっとした顔になった。

「もう一度自己紹介しますが、僕は桃川侑です。ジューンブライドから……その、花嫁として派遣されてきました」

「ストップ。俺は花嫁を頼んだつもりだったけど……」

「ですから僕が花嫁です」

「ちょっと待って。俺は女の子を頼んだんだ」

「……でも、僕に指名があったって聞いてます」

「好みだったから、君を選んだのまでは覚えている。だから意味がわからないんだ」

一瞬、ぴくっと相手が何かに反応するのがわかった。

何だ？

無言になった忍は、『好みだったから』という単語を己の発言から拾い上げた。

だが、事実なのだから仕方がないし、普通は好みのタイプを選ぶだろう。

「とにかく、俺はこの事態を理解できない」

「――えっと……ちょっと待ってください」

埒《らち》が明かないと思ったらしく、取り出したタブレットを操作し始めた侑は「あっ」と声を上げた。

「どうした？」

「すみません、たぶんこれは当社のミスです」

「どういうことだ？」

忍が向かい合わせに座った侑のタブレットを覗《のぞ》き込もうとしたので、彼がそれを差し出す。

「ほら、僕のデータが花嫁と花婿の両方に、間違って登録されてるんです。ごめんなさい」

「ああ、そうだったのか」

あってはならないことだが、その実、かなりよくあるミスだ。

「名前のせいかな。本部に報告します。ご迷惑をおかけして、申し訳ありませんでした」

ぺこりと頭を下げた侑はテーブルにコーヒーカップを置くと、タブレットをデイパックに納めた。そのまま立ち上がろうとしたので、つい、聞いてしまう。

「どうしたんだ？」

「どうって……これで失礼します。本部からは後ほど連絡をするよう、手配しておきます」

「帰る？」

「衡山さんが依頼したのは花嫁の――女性の派遣でしょう。ここにいても仕方がないですから。どういう対応が必要か、報告してから連絡がいくと思います」

言われてみれば、そうだった。

侑は男であり、いくら外見が可愛らしくとも花嫁にはなれない。彼がその手続きを取るのは当然で、何ら間違ったことは言っていない。

けれども、侑の外見も居住まいも、忍にとっては完全にストライクゾーンなのだ。

こんなことは珍しい。

「君も、俺が女だって思ってたの？」

「はい」

「それにしては冷静だね」

「いえ、あの……楽しみにされていたと思うのに、申し訳ありませんでした」

確かに、これはこれでえらく滑稽《こっけい》だ。

たとえ登録のことを忘れていたにせよ、心のどこかでがっかりしている。

つまりこれは、花嫁に逃げられた新郎の気分を疑似体験しているのかもしれない。

「もう一度、見せてくれる？」

「え？」

「さっきの花嫁候補の画面」

「あ、はい」

デイパックのファスナーを開けた侑がタブレットを差し出したので、忍はそれを凝視する。

「よかったら別の人を選んでいただけませんか？　代わりの女性を派遣できるとは限らないのですが、至急、どうにかならないか相談してみます」

改めて確認すると、どの女性も可愛らしかったり美しかったり、あるいは痩《や》せていたりぽっちゃりしていたりと、人数はそう多くなかったものの、バラエティに富んだ人選をしている。けれども、いずれも侑のような素朴さがない。

「派遣されてくるとき、俺が男だと思わなかったのか？」

タブレットを見つめながら問うと、侑が「すみません」と掠《かす》れた声で言った。

「すみません、忍って名前で女性だと思っていて……それに、男だったとしても、することは夫のほうの主夫になるだけで大差ないですし……」

忍としては怒っているわけではないのに、侑はすっかり縮こまってしまってソファに座り直した。

これからクレームタイムだと思っているのかもしれない。

「そういえば、申し込みフォームで性別を記入する欄がなかったな。欠陥じゃないのか？」

「それは、同性の派遣を希望する方がいらっしゃるので意味がないからって聞いています」

「同性？」

「はい。あの、親に同性愛者だと言って見合い話などを切り抜けるケースもあるので……」

「理由はわかるけど、あえて派遣する相手の性別を確かめないのは、ちょっと問題があるシステムだな」

自分だったらもう少し慎重にサイトを作るのに、と職業意識が疼《うず》く。

「僕もそう思います。社長がジェンダーの問題にはすごく関心を持っているからかも……」

頷《うなず》いた侑のさらりと揺れる髪から、耳が見えた。

小さくて薄い耳。

忍は昔から、耳が薄いタイプが好きなのだ。耳たぶがほとんどないくらいの小さい耳に、無性に愛《いと》おしさとセックスアピールを感じてしまう。

その清楚《せいそ》な佇《たたず》まいに、視線を引き寄せられてやまない。

——ん？

可愛いといっても同性なのに、この子にそんなものを感じてどうするんだ。

「とにかく、全部、本部に報告して対策を検討し、追ってお返事いたします。申し訳ありませんでした。ひとまず、僕はこれで帰ります」

またも腰を浮かせかけた侑の右手を、忍は軽く摑《つか》んだ。

「君がいい」

咄嗟《とっさ》に、自分でも驚くほどに強い声が出てくる。

口にしてみると、実感してしまう。

この子がいいのだと。

「えっと……僕、男ですけど……」

「それでも君がいいんだ。花嫁役をするのは無理か？」

話しながら、忍は自分の心情を改めて確認する。

「基本が専業主婦の派遣になるので、当社のスタッフは男女共に家事はひととおりできます」

戸惑った様子で侑が答えたので、忍はほっとした。

あとは、侑が嫌でなければという条件がつくものの、そこはどうなのだろう。

「じゃあ、君さえよければこのまま花嫁役をやってくれ。どうだろう？」

「……でも」

しばらく考え込んだ様子で侑は何度も瞬《まばた》きしていたものの、タブレットをじっと睨《にら》みつけた末に、「わかりました」と頷いた。

彼を引き留めたのは、九割九分九厘、ただの好奇心だった。

大学進学のために上京して以来、忍は誰かと暮らしたことがない。恋人はできたが同棲《どうせい》する気にはなれなかったし、他人に自分のテリトリーを明け渡すのは御免だったせいだ。学生時代はルームシェアに誘われたこともあったものの、一人の時間を必要とする忍は他人と生活を共にする可能性には否定的だった。

しかし、明確な期限つきならば別だ。

一週間の新婚生活は、新鮮で面白いかもしれないと思ったのだ。

それに、美緒の結婚してみればいいいんじゃない？　という言葉を図らずも実行できるわけだし。

これもいい考えだと、忍は一人悦に入った。

「まず、アンケートに協力してください」

リビングのソファに浅く腰を下ろした侑は、緊張しつつそう告げる。

「アンケート？」

侑が発した言葉に、この場合の新郎である忍が首を傾《かし》げる。

リハーサルは何度も近所の河原でやってきたのだが、いざ、こうして対面での本番となるとものすごく緊張する。

おまけに、想定に反して相手が男性だったので尚更《なおさら》だ。

さっき忍に冷静と言われたがそうではなく、動揺しすぎて感情の働きが追いつかないだけだ。

こういうときに花嫁派遣サービスを選ぶなんて、クライアントはよほど色恋沙汰《ざた》に縁がないタイプなのだろうかと思っていたが、忍はそういう想像を百八十度裏切っている。

最初はスウェットに無精髭といったよれよれの格好で出てきたくせに、「十分待って」と言って戻ってきたときには、ぴしりとしたイケメンが戻ってきた。

あまりの落差に驚愕《きょうがく》したくらいで……これはとてもモテそうだ。

どうしてまた、忍はこんな恋愛難民が利用しそうなサービスに登録したのだろう。

ペンを持った伏し目がちな表情も、すごく絵になる。

「家事を任せる範囲です。ほら、今時は夫婦っていってもいろいろなスタイルがあるので……。たとえば掃除は完全に分担とか」

「……ああ」

忍は少し考え込んでいる様子で、アンケート用紙を眺めている。

「こういうのって、申し込み時にヒアリングしたほうがいいんじゃないか？」

そう言われると困ってしまうのだが、忍はクレームをつけているというよりも、客として率直な意見を述べているようだ。

「そうですよね……。だけど、実際部屋とか見ないとできることとできないことを決められないのかなって思います」

忍と話していると、これまで侑が気づかずにいたジューンブライドのシステム的な欠陥がいくつも浮かび上がってくる。

どうしても六月を前にプレオープンさせたいと社長が張り切っていたせいでの見切り発車だが、何ていうのか、侑にもわかるくらいに不備だらけだ。

「ほかに禁止事項は、引っ越しみたいな大がかりなものとか……」

「ああ……家政婦代わりにされないようにってことかな?」

「法律的にはそう登録してますが……そうだと思います」

家政婦として働かせるのであれば、一日一万円は安すぎるという計算なのかもしれない。

「とりあえず、掃除と洗濯は任せたいな。あと、料理も」

「わかりました」

だいたい、想定内の返答だった。どれも慣れているので、大してハードルは高くない。

掃除　週三回。洗濯　毎日。食事　夕食のみ。

それでも忘れては困るので、ノートに書きつける。

「あの、夕食だけでいいんですか?　朝は?」

大事なことだったので、侑はきちんと問い返した。

「できれば食べたいけど、難しいだろう？」

申し訳なさそうに言われると、クライアントの要望にはできる限り答えたくなる。

「できるだけご希望に添います」

「ありがとう」

忍が嬉しそうににこっと笑ったので、侑は目のやり場に困って慌てて俯いた。

やっぱり、格好いい。

ぱっと目を惹《ひ》くような派手さはないのだが、十分に男前だ。

芸能人とかそういう人と比べるのは知識がなくてわからないが、少なくとも、外見目当てで女性が寄ってくるであろうレベルではある。

それでも結婚できないなら、もしかしたらＤＶの傾向があるとか、おそろしく性格が悪いとか？

それくらいしか思いつかない。

「それから、新婚生活中の接し方は……フランクに、ですか？」

「うん。敬語の夫婦もういういしくていいけど、普通どおりがよくない？」

「ええと……そうかもしれませんが……」

そう言われると、侑にはなかなかどうして難しい。

そこまでの演技派ではないので、いきなり切り替えるのは無理だ。

「あ、無理ならいいよ」

彼はすぐに侑の意を汲《く》み、要望を撤回した。

「でも、衡山さんはクライアントなのに……」

「お互いできることもできないこともあるのはわかってるよ。特に今回はとてもイレギュラーな案件みたいだしね」

忍はさらっとフォローしてくれる。

「ありがとうございます」

「このサービスが始まったばかりってことは、君も初仕事くらいなんだろ？　だったら仕方ないよ」

小さくなってしまった侑に対しても、忍はとても鷹揚《おうよう》だった。

「すみません。あとは食材と家事用品の点検ですね」

「オッケー。とりあえず、キッチンとか洗面所とか見てくれる？　足りないものがあったら揃《そろ》えるよ」

「え……あ、はい」

慌てて立ち上がった侑は、衡山家のキッチンを見せてもらう。

一見して、まるで使っていないがゆえに清潔さを保たれている空間だった。簡素で飾り気がないとはいえ、キッチンの全体図を把握するには、しばしの時間を必要とする。

「うーん」

調理器具としてあるのはフライパンと片手鍋が一つずつ。レードルやフライ返しくらいは侑が持参しているので問題ないが、菜箸《さいばし》がない。

冷蔵庫を開けると食糧事情はかなり悲惨で、アルコールを除くと、牛乳と卵、ヨーグルト、ハム、チーズくらいしかない。小麦粉は一年前の賞味期限、砂糖はコーヒーシュガーのみ、塩は食卓塩――調味料に関しては、ある程度買い足さないと料理はできなそうだ。

メモを取った侑は、リビングで新聞を読んでいる忍の背中に向けて声をかけた。

「買い物に行きたいのですが、行きつけのスーパーとかありますか？」

「適当。あまりスーパーは行かないけど、まあ、行くっていえば行くかなあ」

曖昧《あいまい》な返答だった。

「じゃあ、適当に探します」

さすがにこのあたりの地理には詳しくなかったが、スーパーくらい、スマホかタブレットで調べればすぐに出てくる。あまり心配はしていない侑に対し、意外にも忍が「俺も行くよ」と声をかけてきた。

「衡山さんも？」

「忍」

衡山が出し抜けに言う。

「え？」

「新婚なのに苗字で呼び合うのは、変だろ。敬語はいいとして。だから、忍か、忍さんで。忍くんでもいいけど」

あまりのことに、侑は狼狽《うろた》えてしまう。

びっくりするほどの変わり身の早さというか、思い切りのよさというか。

さっきまでは、事態をまったく把握していなかったくせに。

慎重すぎるくらいに慎重な侑と違って、忍はかなり現実の把握能力があるみたいだ。

まあ、本当に慎重だったらこんなアルバイトは引き受けないだろうが、その点は侑も同じなので棚に上げてしまう。

「じゃあ……忍、さん」

「なに、侑」

にこっと笑顔を見せられて、どきりとする。

「あ、う……」

「ごめん、呼び捨てはよくないか」

「い、いえ、年齢差、あるし……いいです、それで……」

そうでなくても、忍は顔が整っている。そんな彼が甘い表情を見せると、その気がなくてもどきどきしてしまうらしい。

「なら、決まりね。侑」

「う」

「う？」

さっきから「あ」とか「う」とかしか言えない自分が、ひどく情けない。

「いえ……侑って……」

「ほら、今は君の夫だろ」

「…………」

さらりと『夫』って言った……！

狼狽《ろうばい》する侑の態度に気づいたらしく、忍が顔を曇らせる。

「ごめん、気持ち悪かった？」

「いえ、あの……全然」

「本当に？」

瞳《ひとみ》を覗き込まれて、侑は「はい」と掠れた声で頷いた。

彼は今、侑の夫——旦那様、なのだ。

先ほどから、忍のほうが堂々としている。

対する自分はさっきからどぎまぎしていて、情けないことこのうえない。

「行こう。スーパーはこっちだから、覚えておいて。確か、朝は七時からで夜は十時までだったかな」

「はい」

教えてもらったスーパーまでは、忍のマンションから徒歩ですぐだった。規模は大きくないが、日用品を買うには十分だろう。

店に入ると、侑よりも忍のほうが物珍しげにあたりを見回している。

シャツにラフなジャケットという完全にカジュアルな服装の忍は、侑から見てもちょっと職業不詳だ。それでも行動の一つ一つがやわらかいし、侑に気を遣ってくれているのがわかって、有り難い。

初仕事がこの人のところでよかった、と侑は早くも彼になじみかけていた。

「何、買うの？」

問いかける声の調子も穏やかで、聞いていて心地がよい。

「最低限の食材は必要です。あ、費用は都度請求か、領収書でまとめて請求かのどちらかだと規約にも書いてありますが」

「そうだっけ？　とにかく、ここは俺が払うよ」

「はい」

そのほうが楽なので、助かる。

それに、費用も込みの料金だと思われないようにはっきり言うようにと、派遣会社の上司には言われていたからだ。

「えっと…こっちが特売か」

侑は忍の財布の負担にならないように、なるべく賞味期限の短い特売品を狙《ねら》っていく。

そんな侑の選び方に気づいたらしく、「ねえ」と忍が話しかけてきた。

「そんなに気を遣わなくていいんだよ」

「いえ、どうせ七日で出ていくので、消費しきれないと困るし」

「それもそうか。――あ、貸して」

ショッピングカートの赤いハンドルを忍が摑んだので、手と手が触れ合いそうになる。

「え？」

「ほら、こういうときは夫が力仕事するものだろう」

「お……」

「わかった？」

忍はあくまで夫として振る舞うつもりのようで、侑は再び頰《ほお》を染める。

「どうしたの？　さっきから変な反応だけど」

「初めてなんです。このバイト……」

「ああ、やっぱりそうなんだ」

「サービス自体、始まったばかりなので」

つまり、これが初仕事に当たる。

忍がカートを押していると、若い主婦と思《おぼ》しき女性がそちらに目を向ける。

この格好いい男性はどんな相手とカップルなのかという目でちらちらとあたりを見回し、それから侑を目にして、ほっとしたような顔になった。

「規約とかいろいろあって大変そうだね」

「そうですね。さすがに覚えきれないです」

「この仕事の前は何をしていたの？　学生？」

「いえ、前はデザイン事務所で……でも、会社がつぶれちゃって」

「大変だね。俺もＷＥＢ関係だけど、新しい会社も多いけどつぶれる会社も多いよ」

忍が相槌《あいづち》を打ってくれる。

就職してすぐに失業しただけでなく、気分転換のための創作活動では行き詰まってしまっていたので、何とか現状打破したかった。

それがなぜこのバイトに行き着いたのかというと、侑が生まれながらのオタクだからだ。

いや、歳《とし》の離れた三人の姉はそうした趣味はないので生まれながらというのはどこかおかしいのかもしれないが——ともあれ、物心ついた頃から侑はオタクだった。

そのうえ、侑の母親が活動的でオタクに対してはかなり偏見を持っていたうえ、姉たちもこういう趣味にいい顔をしない。

ちょっとキモイ、できればやめろなどと言われているうちに、隠れオタクとしてひっそり生きるようになった侑は、高校卒業後に入学した情報処理系の専門学校でオタク仲間である中嶋健一《なかじまけんいち》に出会った。

中嶋のサイトを見せてもらったことから彼が抜群に絵が上手《うま》く、同人誌活動をしていることを知った。サイトにアップされた漫画を読んでみたが、彼は致命的にストーリーを作る能力に欠けていた。感想を求められた侑は、三日間悩んだ末に、ストーリーがまったく面白くないと指摘した。案の定激怒する中嶋に、「じゃあおまえが書いてみろ」と挑発され、彼の設定を活かしてあらすじを作って持っていったところ、彼はあっさりと侑に和解を求めた。

何だかんだと、二人は馬が合ったのだ。

当初は侑が原作、中嶋が作画でどこかの新人賞に投稿しようと持ちかけたのだが、彼は最初から同人ゲームを作りたいと主張してきた。

彼にとってゲームは絵、ストーリー、音楽などが一体になった完成品であり、漫画では味わえない醍醐味《だいごみ》があるらしい。それに、同人誌で原作を担当したところで侑の名前は前面に出ないので、それならシナリオの名前も大きくクローズアップされるゲームがいいという話になったのだった。

中嶋は、そういう意味ではとても公平なやつだ。手柄を独り占めするのを嫌い、侑にチャンスを与えようとしてくれる。無論、そんな爽やかな性格なので女性にも人気がある。とはいえ、彼がディープなオタクだと知るとたいていの女性は身を引いてしまうのだが。

そんな中嶋が愛好し、作りたがっているのが男性向けの十八禁ゲームだったがゆえに、侑の苦難は始まった。

今時はノベルゲームなんて流行らないし、いわゆるエロゲーくらいしか残っていないのは確かだった。そのエロゲーも生き残りが難しい昨今だ。だからある程度エロければ、差別化のために侑の趣味である程度難解な要素を盛り込んでもいいと言われた。

何とか自分の知識を総動員して執筆してみたのだが、我ながら、ストーリー部分に比べてどうしても濡《ぬ》れ場がぎこちない。

せっつかれた末に中嶋に原稿を見せると、彼は絶望的な顔で言った。

――おまえの書くエロって萌《も》えないんだよな。

最初にシナリオを見せたとき、それが中嶋の感想だった。

――ストーリーも文章もすっごく上手いし、展開の部分はわくわくするんだけどさ、エロは本当にだめだな。

――え？　ど、どうして？

――おまえ、童貞だろ。それがいけないんじゃないか？

今でも胸を抉《えぐ》る、その一言。

それが侑にはトラウマにも等しかった。

童貞で悪かったな‼

そう声を大にして叫びたかったが、中嶋に悪気がないのはよくわかっていた。

だめなライターである侑を、何とかしてそれなりのレベルに引き上げようとしてくれている。

だから、求職活動の合間にたまたま見つけたこのバイトを選んだのだ。

多少遠回りではあるものの、童貞を捨てるために。

だが、その侑の目論見《もくろみ》は早くも破綻《はたん》しそうだった。

何しろ、相手は同性なのだから。


「うん、旨《うま》い」

忍はテーブルに並べられたご馳走《ちそう》に舌鼓を打つ。

料理の味つけはどれも上品で、味が濃すぎない。おかげでどんどん食が進む。

「侑は料理上手だね」

その言葉を聞いた侑は、嬉しそうにぽっと頬を赤らめた。

「ありがとうございます」

俯いたせいでさらりとした髪が揺れ、彼の耳まで朱に染まっているのがわかる。

外見の予想を裏切らず、全体的に物慣れなくて純情なイメージだ。

「このために練習したの？」

「いえ、両親が共働きで夕食作るのは僕の仕事だったんです。姉たちも歳が離れてて……」

口籠《くちご》もる侑を見て、忍が頷いたところで会話が途切れる。

侑は話しかけるとちゃんと受け答えをしてくれるが、自分から何か話を振ったり、広げたりするのは苦手なのかもしれない。あるいは警戒心が強いのか口べたなのか。

出会って数時間での判断になるが、待っていては溝ができるタイプかもしれない。

そのあたり、心してかかったほうがいい。

「お姉さんがいるんだ。何人？　似てる？」

会話を続けようと矢継ぎ早に忍が尋ねると、侑は「三人だけど、全然」と軽く首を横に振った。

「もっとはっきりしてて、さっぱりしてます」

「確かに似ていないかもしれないね」

遠慮なく言った忍に侑が苦笑すると、口許に小さなえくぼができる。

やっぱり、可愛らしい。

そもそもが自分の好みのタイプを選んだだけに、外見だけであれば侑は完璧だ。

これで女性だったらと思わずにはいられないが、ないものねだりだろう。

いや、女性だったら、むしろまずい。

一週間も同居していたら、本気で恋に落ちてしまうかもしれない。

……だめだ。こんな想像をすること自体、かなり雰囲気に流されているみたいだ。

そんなに惚《ほ》れっぽくもないくせに、我ながら毒されすぎだった。

「家族の仲はいいの？」

「……はい」

一拍置いたのは、仲は悪くはないけどよくもないという意味かもしれない。

もう少し話を聞いてみたかったが、彼を追い詰めてしまうのはよくないように思えて、忍はあえて遠回しの話をした。

「あまり個人情報とか明かさないほうがいい？」

「特に禁止はされていませんが、トラブル防止のために住所とか電話番号は教えないようにって言われています」

「そうだね、それはわかるな」

まだできたばかりの事業のようだが、さすがにその点はしっかり指導しているらしい。

家族の話を呼び水に何か会話をと思っていたので、唐突にそれが途切れてしまう。

「飲む？」

間を持たせるために、忍は缶ビールを持ち上げて聞いた。

「え……でも」

「ちょっとくらいいいでしょ。もしかして十代？」

いくら何でも、未成年だったら同居することすらまずい気がする。

「二十一歳です。免許もありますよ」

彼はそう言って、鞄《かばん》の中からパスケースを取り出し、免許を示した。

頭の中で計算すると確かに二十歳《はたち》は過ぎているので、ほっとする。

とはいえ、平成と昭和で元号からして違うのか……と、忍は何となくジェネレーションギャップすら覚えた。

「もしかして飲めないとか？」

「いえ、特別なとき以外は飲む習慣がなくって」

今こそが特別なときじゃないのかと思ったが、強要するのはスマートじゃない。

「そうか、だったらいいよ」

「すみません」

「言っておくけど、酔わせて変なことしようなんて思ってないから」

冗談めかして下心がないと伝えようとすると、彼は困ったように笑った。

「それは、わかっています」

「わかってるって……俺、そんなに無害そうに見える？」

「あ、ううん、そうじゃないんです」

「わかってるよ。旦那様のことは信用してるんだろ？」

「……はい」

胸のあたりで両手に湯呑《ゆの》み茶碗を持ったまま、侑が真っ赤になって俯いている。

しみじみと、可愛い。

たとえば会社の後輩たちもそれなりに可愛いのだが、侑はそういうのとはまるで違う。

侑は彼らよりずっと年下だということもあり、何だか仕種《しぐさ》の一つ一つが愛らしいのだ。

――いいな。うん、悪くない。

勢いで決めてしまった新婚生活だが、自分の侑に対する好感度はうなぎ登りだ。

このままであれば、彼とは上手くやっていけそうだった。

食事を終えると侑が手早く片づけをして、あっという間に食卓は元どおりになった。

皿を拭《ふ》きながらその手際の良い光景を眺めていた忍は、そこではっとした。

「――まずい」

「え？　あ、もしかして口に合わなかったですか？」

「ううん、そっちじゃない。君、今日は泊まっていくんだよね」

「……まあ、はい……あの、夫婦、なので……」

侑は躊躇《ためら》いがちに頷いた。

こうして見ていると、肩の線も腕の線も、忍よりもずっと細い。それでいて男らしさはなくしていないのが意外だった。

「じつはベッドが一つしかない」

「…………」

何を考えたのか、侑は動揺した様子で箸をかしゃりと取り落としてしまう。その狼狽した様子を見るにつけ、忍もまた平常心ではいられなくなってくる。

阿呆《あほ》か、俺は。

「へ、部屋はあるんだ。でも、布団がなくて……」

「場所があるなら、床に寝ます」

「躰《からだ》に悪いよ。それに、新婚なのに……」

言いながら、これはいわゆる『ごっこ遊び』だし、どこまで本気でやればいいのだろうかと計りかねていた。

「じゃあ、僕、ソファを借ります」

「そのソファ?」

言っては悪いが、リビングルームに置かれたソファは二人がけで、いくら小柄であっても侑が寝ると頭か足がはみ出てしまう。

こんなところで安眠できるわけがない。

「はい、ソファで問題ないです」

「でも、お客さんをソファで寝かせるわけにもいかないよ。俺もそこじゃ眠れないし」

混乱していて、どの結論がいいのかわからない。

「だって、ベッド、一つなんですよね」

「もちろん、何もしないよ。いくらセミダブルでも大の男二人じゃ狭くて、お互いよく眠れないかもしれないし……」

漫画喫茶やネカフェにでも行ってもらうという手もあるが、新婚初夜でそれはどうなのだろうか。

「わかりました」

「どうする？」

こういうときに妻である侑に結論を委《ゆだ》ねてしまうのはずるいと思ったのだが、つい、そうしてしまった。

「一緒で」

「へ？」

「その、夫婦だし……一緒に寝ませんか」

直球の発言だった。

上目遣いで自分を見つめる侑の顔に、なぜか胸が騒ぐ。

いったいどういうことなんだ、これは。

だが、口にしてから侑が後悔したように顔を火照らせたのを見て取り、忍は躰がかっと熱くなるのを感じた。

自分まで照れてどうする。

「あ、う、うん、そうしよう。せっかくの新婚だからな」

花嫁の派遣って、どこまでがサービスの範囲なんだろう。

たとえば、手を出したらオプションとして別料金が発生するとか。

いや、それはないだろう。

そこをＯＫにしてしまうと、もはや性風俗産業と大差ない。

デリヘルと同じ扱いになっては法律上まずい気がするし、それではお試し価格であっても一日一万円というのは安すぎる。あとから見返したら、一万円というのは三割引で、たいていは一週間で十万円という料金になるらしい。

七万円でも十分に高額で、忍は去年のボーナスの残りをはたく羽目になる。

内心では葛藤《かっとう》をしつつ、忍は素知らぬ顔で、シーツを取り替えるべくクローゼットを開けた。

「手伝います」

シーツを替えるところで侑が来たので、忍は「ありがとう」と笑った。

「本当に、何もしないから。それに気も遣わなくていい」

「…………」

「あ、ごめん、繰り返すと嘘っぽいか……」

「大丈夫、信じています。そういうのはしちゃいけないって規約になってるし」

「そうなのか？」

「はい」

「ごめん、何もチェックしてなくて。そもそも申し込んだときはかなり酔ってたし」

苦笑する忍に、侑は「そうですか」と微笑《ほほえ》んだ。

「じゃあ、先に風呂、入ってきてよ」

「あ、わかりました」

侑がシャワーを浴びているあいだ、忍は利用規約を読み返す。

そこには、性的な関係を持ってはいけないと明記されていたが、添い寝くらいは許されるだろう。

それから滅多にチェックしないフリーメールのアドレスに、ジューンブライドからのリマインダメールが届いているのに気づいた。連絡が全然ないわけでは、なかったのだ。

普段使わないアドレスにしたことを反省していると、突然、ドアが開いた。

「お先にお風呂、借りました」

刹那《せつな》、見惚《みと》れた。

侑のパジャマはブルーのストライプで、おそらく綿百パーセント。今時こんなパジャマを着て寝る男子がいるのかと思えるほどに健全だった。

普通、Tシャツに短パンとかじゃないのだろうか。無論、忍はそっち派だ。

「うん、じゃあ、今度は俺が」

忍はシャワーを浴びに行くと、バスルームは綺麗《きれい》に使ってあった。髪の毛一つ残していないし、あちこちきちんと拭いてある。

本来の性格かどうかは不明だが、マナーはばっちり仕込まれているというわけか。

髪を洗った忍が寝室に戻ると、侑は頭から布団を被《かぶ》っていた。

「…………」

名前を呼ぼうと思ったが、疲れ切って寝ていたら申し訳ない。

布団を持ち上げてその中に入ると、侑の背中に力が漲《みなぎ》るのがわかった。

眠れていないいんだ。

無論、忍だって緊張している。

触れるか触れないかの距離で感じているのは、他人の体温と息遣いだから。

恋人でも友達でもない、そんな未知の相手と同衾《どうきん》するのは初めての体験だった。

実際のところ、忍が変態でも殺人者でも、この無防備さでは文句を言えない。

当然、忍だって同じだろう。

侑が人畜無害を装った凶悪な人間である可能性だって、残されている。

そう考えると、ジューンブライドの契約方式はかなり不完全だ。性善説に立ち、スタッフを危険に晒《さら》しかねない。

自分だったら、最初に一度はクライアントと面談の時間を作る。直接話し合えば、メールの文面やアンケートからは読み取れない、相手の本性や要望が見えてくるからだ。

今回のような単純なミスだって防げるだろう。

そんなことをつらつら考えていても、ちっとも眠くならなかった。

「――眠れない？」

十五分くらいしてから忍が声をかけると、「平気です」とはっきりした声で即答される。

どう考えても眠れないのだろうが、侑は気丈にも我慢しているらしい。

「俺は明日仕事だから、朝寝坊していい。眠くないなら、今はリビングでテレビでも……」

「いえ！」

不意に、高い声で侑が遮った。

「なに？」

「僕はここで、あなたと一緒に寝たいです」

思ったよりもはっきりとした声で返答があり、忍はたじろいだ。

「どうして？」

「だって、あなたの……あなたの、妻だから……」

今度は用意していなかった回答なのか、腰砕けでへなへなとした口調だ。

それでも、忍の心臓には深々と突き刺さった——しかもいい意味で。

まったくもって反則、だろ。こういうのは。

無論それは設定上の台詞《せりふ》であって、何の他意もないはずだ。

なのに、どうしてこんなに胸にずんと響くのだろう……。

ふわふわとした妙な気分に駆られながら、忍は目を閉じる。いつも寝付きはいいほうなのに、今日に限ってなかなか眠れなかった。

2日目

「おはようございます」

「………」

目を覚ました忍は、コーヒーの匂《にお》いのするキッチンに立つ男の姿に目を丸くする。

それから、昨日から『新妻』と一緒に暮らしているのだという事実を思い出した。

起きたときは、ベッドがもぬけの殻だったし、家中のカーテンが開いていたのは昨晩閉め忘れたのだろうと思っていたが、そうではなかったのだ。

テーブルの上は整えられ、サラダの準備ができている。トースターが動いていないのはパンを焼き始めては冷めてしまうだろうからで、侑がタイマーに手をかけた。

「し…のぶさん、パンでいいですか?」

ロングスリーブのTシャツにコットンのカーディガンを羽織った侑は、腰のところにギャルソンエプロンをつけていた。袖《そで》が長すぎるのか、カーディガンの裾《すそ》と一緒に長袖Tシャツの裾をしっかり折っている。

「え、うん」

躊躇いがちな言葉は、自分を忍と呼んだからだとややあって思い当たる。

ぎこちないところは想像以上にういういしく、とても可愛かった。

そのせいか、何だかひどく照れくさい。

名前で呼ばれることは、こんなにも不思議な効果があるとは。

「よかった、何時に起こせばいいのかわからなくて」

そういえば、会社の場所はどこだとか、どんな職業をしているとか、具体的なことは何も教えていなかった。

「俺はフレックスだから、朝は時間があるんだ。君は何時に起きたんだ？」

「えっと……」

「寝起きって顔じゃないけど」

遠慮がちに言葉を濁されかけたので更に聞いてみると、観念したように侑がぼそっと呟いた。

「六時頃です」

「うわ、そんなに早く？　ごめん、気づかなかった」

まさかそこまで早くから起きて待っていてくれていたのかと、忍は申し訳ない気持ちになった。

「いえ、起床時間を聞き忘れるなんて、僕のミスです」

「俺、いつも出かけるのは八時過ぎなんだ」

「じゃあ、今日は朝ご飯食べていく時間ありますね」

できれば食べていきたいという単なる願望を、侑はまともに取り合ってくれたらしい。

「うん」

「ええと、帰りは何時くらいですか？」

「今は七時半……いや、八時くらいかな。始業が十時だから」

「わかりました。僕、それまでに夕飯の支度しておきますね」

拍子抜けするほどにあっさりとした反応で、かえって忍は戸惑った。

「怒ってもいいんだ」

「え？」

「俺のせいで、君に空振りさせてしまったんだ」

「空振りって？」

「しなくてもいい早起きをさせただろう」

「ああ、それくらい」

つゆほども気にしていないという様子で、くすっと彼は笑った。

「いいです」

「いいって？」

「どっちにしても、朝ご飯作るのって時間読めないし。早起きしなくちゃいけなかったから、構わないです」

「…………」

それはそうなのだが、あまりにも素直すぎやしないだろうか。

これも一種の癒《い》やし系というやつなのか、空気を読んでくれているのか、とにかく最近の若者は侮れない。

「ご飯、よそっていいですか？」

「ああ、うん」

今日は一日、侑が自分のことを待ってくれるのか。

――待てよ。

不意に、忍は金目のものを置いて外出していいのだろうかという不安に駆られた。

尤《もっと》も、物色されるほど価値のあるものはない。強いて言えば、テレビとパソコンくらいだけれど、どちらも型落ちで、既に購入してから時間が経っている。高価なコレクションのたぐいもない。

考えてみると、自分の人生は退屈でつまらないものなのかもしれない。

盗まれたくない、大事なものさえないのだから。

自嘲《じちょう》を通り越して卑屈な発想に辿り着き、忍は急いでそれを打ち消す。

念のため、予防はしておこう。

着替えるついでに引き出しから見つけた通帳などをまとめて通勤用の鞄に放り込み、忍は何食わぬ顔で食卓に着いた。

先ほども味噌汁《みそしる》の匂いがしていると思ったが、改めて並べられたのは和食だった。そういえば昨日、鯵《あじ》の開きなどをスーパーで買っていた気がする。

「美味《おい》しそうだな」

「よかった。時間があればお代わりしてくださいね。ご飯もお味噌汁も少し多めに作っています」

「わかった。——いただきます」

本当はゆっくり味わいたかったが、出かける時間が決まっている。限られた時間の中で極力味わいつつも忍は急いで食事を終えると、身仕度を調えて玄関へ向かった。

侑は食事を摂らなかったので、忍が出かけるのを待っているのか、先に食べたかのいずれかだろう。

「あの、いってらっしゃい」

ずしりと重い鞄を持った侑に玄関先で見送られて、忍は「行ってきます」と告げる。

ほわんと笑う侑は、まさに新妻の愛くるしさだ。

惹かれるように彼の頬に手を添えた忍は、気づくとそのほっぺたにちゅっとキスを落としていた。

「………………」

鳩《はと》が豆鉄砲を喰《く》らったような、という表現はきっとこういうときに使うのだろう。

刹那、目を丸くさせていた侑が、次の瞬間、リトマス紙みたいに真っ赤になった。

「行ってきます」

「い、い、いってらっしゃい……」

しゅううっと音がしそうなほどに真っ赤になった侑が俯き、それから鞄を差し出す。彼の手から鞄を受け取った忍は、まるで壊れたロボットのようにぎくしゃくしながら玄関から出ていった。

やばい。

肉体関係に持ち込んではいけないって規約にあったのに、これって思いっきりルールを破ってないか？

侑が気を悪くしていなければいいのだけれど……。

いや、それ以前に契約解除なんてことになったらどうしようか。

謝ったほうがいいのか？

もしくは、彼が気づいていないのならこのまま流すべきかもしれない。

忍はマンションのエントランスから外に出て、はーっと息をつく。

ペースを思い切り、掻《か》き乱されている。

今日が二日目。まだ始まったばかりじゃないか。

こんなに心臓をばくばくとさせていて、自分は無事に一週間乗り切れるのだろうか。

もちろん、何か問題があれば契約を即刻打ち切って彼を帰してしまえばいいのだが、できるだけそれはしたくない。

侑の言い分をすべて額面どおりに受け取ったわけではないのだが、この奇妙な同居生活に関心を抱《いだ》いている。できれば、続けたかったのだ。


「おはようございまーす」

十時ちょうどに出社すると、オフィスには既に社員が集まっていた。最寄り駅がＪＲだけ、おまけに路線も一つしかないので、違いは上りか下りかくらいのもの。だいたい皆が同じくらいの時間に出社する。

駅で同僚を見かけることもあるが、面倒なので目が合わない限りは会釈程度でスルーしてしまう。

もちろん飲み会なんてものはよほどのことがないとないし、極めてドライな環境だ。

「おはよう」

デスクトップパソコンのディスプレイから顔を上げた上司の竜田《たつた》が、眼鏡越しに忍を見やった。

彼女はバス通勤なので、不慮の渋滞がない限りは、忍よりは早く来ている。今日も手作りのサンドウィッチを齧《かじ》りながら、ネットのニュースをチェックしていた。

「どうしたの」

「え？」

「なんか楽しそう」

そこまであっさり顔に出てしまうものだろうか。

しかも、竜田は今、その視線はディスプレイに向けられている。

「……そうでもないです」

今更渋面を作るのも難しかったので忍がとりあえずそう流すと、彼女は「ふーん」とだけ言った。

「楽しく出勤できるのもいいと思うけど？」

「まあ、そうですね」

プライベートのことは滅多に口に出さないだけに、こうして希《まれ》に突っ込まれるとぼろが出ないかと冷や冷やしてしまう。

このオフィスで働くようになって三年、未だに同僚との距離感には悩むばかりだった。

「で、何が?」

「何って……まあ、田舎の親戚の子を預かることになったんですよ、一週間」

かなり苦しい言い訳だったが、彼女は「ふーん」と再度やる気のない相槌を打つ。取り立てて聞きたいことがあったわけでもなく、社交辞令的な会話であることは一目瞭然《りょうぜん》だ。

これで解放されるだろうかと思いきや、竜田はまた口を開いた。

「衡山くんが浮かれてるってことは女の子?」

「いや、男に決まってるでしょう。女性だったら問題がありますよ」

我ながら下手な嘘だったが、竜田は疑わなかったらしい。

「男でも問題あると思うけど……」

竜田はぼそりと突っ込んだあと、何ごともなかったように微笑んだ。

「いいじゃない。可愛い後輩ポジションだと思っておけば」

「そうなんですけどね……」

今度は面倒になり、煮え切らない態度になってしまう。

「東京にはどうして来たの?」

「え? ああ、それは……聞いてないです。時間なくて」

「預かるのに、それじゃ問題あるんじゃないの?」

「そう、ですよね……」

言われてみれば、侑はどうしてこんなバイトを始めたのだろう。

「まあ、いいけど。打ち合わせしましょう」

「はい」

朝礼は午前十時スタートと決まっている。

一日の仕事の流れを確認してから、それぞれに作業を開始する。

忍の職業はＷＥＢデザイナーだが、プログラミングも得意なため業務は多岐《たき》にわたってい
る。今は新しいネットショップの案件で、クライアントに納品するべく頑張っていた。

ネットショップ自体はありふれた依頼で手慣れているが、扱っているのは駆け出しのクラ
フト作家の一点もの中心で、そういう案件は初めてだった。

有り難いことに納品にはまだ時間があるのだが、納得のいく出来にはなっていなかった。

デザインが悪いわけではないし、使い勝手もそう悪くはない。これまで培ってきたノウハ
ウも使えるし、本来だったらさっくりと済ませなければいけない案件だ。

なのに、クライアントもどことなく据わりが悪いという様子で、どこがどういけてないか
は言葉にはできないようだ。

大きな修正がないのをよしとすればいいのかもしれないが、何となく釈然としない。

だが、とにかく、今週だけは残業しないで済むようにしなくてはいけない。

たった一週間の新婚生活なのだから、十二分に満喫したかった。

……ええっと。

愛用のタブレットを操作しながら、侑は考え込む。

本当はパソコンを持ってきたかったのだが、本格的に弄《いじ》る時間がなさそうだったのでタブレットにしたのだ。

派遣される際に持ってきた『花嫁・花婿の心得』というマニュアルによると、ポイントは料理、洗濯、掃除の三点と記されている。忍にどこか掃除しておいたほうがいいか尋ねたのだが、リビングに掃除機をかけてほしいという返事しかなかった。

昨日は結局、がちがちに緊張していたせいでろくすっぽ眠れなかった。

六時に起きたには起きたが、それは活動を始めた時間帯であって、実際には四時くらいからまんじりともせぬまま夜明けを迎えた。

おかげで一人きりになると、眠気が押し寄せてくる。

「ふあ……」

大きく欠伸《あくび》をした侑は、ソファに横になる。本当はもう少し忍の人となりとかを知りたい気もしたが、今は、動くのが億劫《おっくう》だった。

目を開けたまま、とりあえずソファの真っ正面にあるテレビを見つめる。ＤＶＤやＢＤのたぐいはほとんどなく、忍はそういったものを家で鑑賞する趣味はないのかもしれないと思った。

新婚生活って何をすればいいんだろう……？

家事をしながら、相手が帰ってくるまで待ち続ける。

それだけでいいのだろうか。

相手のことを思いやりながら家事をするようにという指示だったが、彼について知っていることといえば、ジューンブライドからもらった調査シートに掲載されている情報くらいだ。

そうだ。

彼がＳＮＳをやっているのであれば、何かしら情報を得られるかもしれない。幸い、衡山という姓《せい》は珍しいから、何かしら引っかかりそうだ。

「あった！」

幸い、すぐに忍のアカウントは見つかった。

基本情報もある程度はオープンにされているので、これで趣味だけでもわかる。

しかし、思惑とは裏腹に彼のアカウントからは個人情報を類推する手立てがあまりない。

それでも彼が『歴史小説』にいいねボタンを押しているのに気づき、何となくほのぼのとした気分になった。

映画はあまり見ないのか、彼が好むのは小説のたぐいばかりだ。

言っては悪いが、意外と地味な趣味なのかもしれない。

そうやって考えると、このやけに落ち着いたリビングルームやものの少ない状況も頷ける。

趣味は読書というのは飾りではなく本当なのかもしれないというのは、空き部屋に置かれた本棚が裏づけていた。しかも神経質なたちらしく、書棚の中身はきちんとレーベルごとに分けて整理されていた。

忍はどんな人なんだろう。

もっと知りたい。そうでなくては、気が済まない。

そう考えて画面に見入っているうちに、ぴろんとスマホが反応する音が聞こえた。

ＳＮＳでメッセージが入ったのだ。

もしかしたら、いや、十中八九中嶋だろう。

書きかけのシナリオを放置して、このバイトに来てしまったから。

だけど、今は忍のことを調べるのに没頭したくて、侑は懸命に思考を巡らせていた。


午後七時過ぎに駅に着いた忍は、欠伸を嚙《か》み殺す。

何となく気分が乗らないこんな夜はシグナルに寄ってビールを一杯引っかけるのだが、今日は家に侑がいる――はずだ。

でも、不安も過《よぎ》る。

侑がどこにもいなかったらどうしようって。

貴重品は鞄に突っ込んで出勤し、デスクの鍵のある引き出しに放り込んできた。しかし、侑がパソコンやら何やらの忍の荷物を持ち去っていたって、おかしくはないのだ。

いや、それどころか、今回のことは何もかも夢かもしれない。

性別はあいにく同じだけれど、それ以外の点においては忍の好みそのままの新妻が突然やって来るなんて展開は、映画や小説みたいなものだ。

お金を払ったのも、すべて妄想で。

だから、ものすごく緊張している。

自宅のマンションが近づくにつれて心臓が痛くなってくるし、胃のあたりがきりきりしてくる。

足が鉛のように重いっていう表現は、こういう気持ちを指すのだろうか。

マンションの外側に回れば、先に灯《あか》りが点《つ》いているかどうかで侑がいるか見分けられる。

しかし、それはそれでみっともない気がしてぐっと我慢する。

男の美徳はやせ我慢というのが、母方の祖父による『忍』の命名の由来だ。彼は映画『カサブランカ』が大好きで、ハンフリー・ボガートにえらく共感したらしい。それで、男が生まれたら絶対にハンフリー・ボガートにちなんだ名前にしたかったのだという。その夢を彼は孫の忍に託し、今となっては、『ハンフリー』とか『ボギー』という名前にされなくてよかったと思うばかりだ。

そんなくだらないことを考えつつ、ドアの鍵を回す。

深呼吸をしてからドアを数センチ開けた瞬間、光が目に飛び込んできた。

明るい。

それから、何だかいい匂いがしてきて、つい、嗅覚《きゅうかく》に神経を集中させる。

「ただいま」

「お帰りなさい！」

エプロン姿で走り寄ってきた侑が、はにかんだように微笑む。

お帰り、か。

それが、今までの生活との違いだ。

たった四つの音からなる単語なのに、やけに軽やかに甘く響く。

いやもう、耐えられないくらいに胸がきゅんとした。

ただいまと言って、誰かがすかさず応えてくれるのって……じつは、すごいことじゃないか⁉

それが侑みたいに可愛い新妻なら尚更だ。

おまけに、侑は今朝までは覚えのないものをつけていた。

——眼鏡だ。

「目、悪かったたっけ？」

「へ？　あ、あ……コンタクトあまり得意じゃないんです。それで」

照れくさそうに微笑する侑の目が、眼鏡越しにそっと和む。

「……あの、今、ちょっと失敗したのでやり直しますね」

「失敗って？」

こほんと咳払《せきばら》いして、侑がもじもじしながら口を開いた。

「お風呂とご飯、どっちを先にしますか？」

「…………」

感動的な台詞に、リアクションができない。

「もしかして飲むのかなって思って、ちょっとおつまみも作ったんですけど」

「……い、至れり尽くせりだね」

驚きすぎて、声が掠れてしまった。

「そうでもないです」

侑はおっとりと笑う。

その唇——いや、唇がだめでもほっぺたにただいまのキスをしてみたいという衝動に駆られたが、忍はぐっと自分を抑え込んだ。

今朝のあれだって反則だったのに、スルーしてもらえたからといって調子に乗りすぎてはいけない。

そもそも、侑にとってこの仕事は新妻を演じるだけであって、それ以上の役割はないはずだ。

利用規約を思い出すんだ。賠償になったら厄介だ。

理性を何とか取り戻した忍はジャケットを脱ぎ、鞄を片づけてからダイニングへ向かうと、侑がいそいそと小鉢を並べている。

「あ、そばちょこ」

「はい。勝手に使っちゃってまずかったですか？」

侑は食器棚に入っていたそばちょこに、おつまみになるものを盛りつけていたのだ。

ほうれん草のおひたしと、きのことおかかの煮物、はんぺんに肉味噌を詰めたもの。

かたちが気に入って買ったきり食器棚に眠っていたそばちょこは使い道がなかったので、こんなふうに活用されるとは思ってもみなかった。

「大事に取っておいても仕方ないし、構わないよ。君も飲む？」

「え」

向かいの椅子に腰を下ろした侑が戸惑いを露《あらわ》にしたので、忍は「あ」と舌打ちをした。

「ごめん、特別な日じゃないと飲まないんだっけ」

「…今日は飲みます。十分特別だから」

少し躊躇ってから、侑がふんわりと笑う。

「どのあたりが？」

「新婚、二日目だし……だいぶ慣れたので」

細い声でそう返されて、忍はくすりと笑った。

「じゃあ、どうぞ」

グラスを二つ出した忍は、侑のためにビールを注ぐ。

「乾杯」

「何に、ですか？」

「新婚生活に」

「……新婚生活に」

忍の言葉を繰り返して、侑がかちんとグラスを合わせる。

何気なく見守っていると、彼は金色のビールを一口飲んだ。

その白い喉が、小さく動く。

侑の仕種は何もかもが控えめで、そこが忍には好ましく思えた。

「何か困ったこととかあった？」

「困ったこと？　いえ、全然」

侑は首を横に振った。

既に酔っているのか、あの薄くて小さな耳もほんのりと染まって桜色だ。

「一日何していたの？」

「掃除と洗濯と、料理……かな。でも、忍さんの部屋ってすごく綺麗だから、掃除するところほとんどなかったです」

はにかんだように笑う侑の表情が甘く、忍の心臓はまたも震える。

おかしい。自分はもう、酔っ払ったのだろうか。

もともとアルコールには強いつもりだし、たかだか四パーセントのアルコール濃度でそこまで酔うとは思えない。

酔うとすれば、きっと雰囲気に酔っているのだ。

とりあえずは何か胃の中に入れようと、更に煮物を取り分ける。

「食べていいかな」

「あ、どうぞ食べてください。頑張ってたくさん作ったので、今日食べないぶんは冷凍しました」

「冷凍？」

「一週間くらい保つんです」

きのこはおかかと一緒に煮ているらしく、味が染みていて美味しかった。

「これ、美味しいな」

「よかった。おかか、賞味期限切れてたけどまだ平気だろうから、使っちゃいました」

「かつおぶしなんてよく見つけたね」

そういえば、同僚の結婚式で引き出物にもらったきり持て余していたような……。

「すみません、暇だったから漁《あさ》っちゃって」

「いや、整理してもらえて助かるよ」

侑のペースはあまり早くはなかったが、喉が渇いていたらしく、忍に少し遅れて一杯目を飲み干した。

そのグラスに、缶ビールを注ぐ。

「そういえば、聞いてなかったんだけど」

「はい」

「どうしてこのバイトを始めたの？」

聞いてから、踏み込みすぎた質問だったかなと忍は心配になった。事実、侑はもじもじとして俯いてしまう。

「言いづらい？」

風俗などと違ってそんなに変なバイトではないと思うが、恥ずかしがる理由はどこにあるのだろう。

忍は俄然《がぜん》、興味を抱いた。

「あの……退《ひ》かれるかと思って」

「ん？　もしかして借金とかそっち系？」

このアルバイトは、まとまった金が欲しい人にはいいのかもしれない。

「いえ！」

そこだけ侑は強い声を出して、否定してきた。

「じゃあ、何？　家政婦志望だとか？」

掠れた声に、面を下げているせいで見えている真っ赤な耳。

林檎《りんご》みたいだ、と妙な感想を抱く。

「──あの……僕、サークルやってるんです」

「サークル？」

いかにも引っ込み思案そうな侑には不似合いだが、インカレサークルみたいなものだろうか。

いや、そもそも彼は専門学校卒業だと話していたような……。

「同人誌ってわかりますか？」

「ああ、うん」

忍の仕事柄、アーティストとのつき合いはあるのでそういうインディーズな表現の場があるのは知っている。そこから優れた漫画家やアニメーターなどの才能が出てくることも、常識としてわかっていた。

ただ、忍は読書家であってもあまり漫画を読んだりしないので、詳しくはない。

「そこでゲームを作っているんです。僕は、シナリオ担当で」

「文才あるんだね」

「そうでもないです。ただ、絵が描けないだけで」

「ふうん。それってスマホのアプリとか？　俺にもプレイできるかな」

思いついたことを尋ねると、彼は目線を落としたまま首を振った。

「いえ、Ｗｉｎｄｏｗｓ……その、パソコン用です」

「珍しいね、今時。パソコンのゲームってどんなものが主流？　ネットゲームとか？」

いまいち想像できずに矢継ぎ早に問うと、侑は意を決したようにビールを飲んでから、口を開いた。

「……えっちなゲームで……」

一瞬、侑の発した言葉が理解を阻んだ。

何を言っているんだ、この子は。

しかし、聞き返したら侑を傷つけてしまいそうな気がして、「そうか」となるべく平静を装って相槌を打つ。

もちろん、そういうジャンルの存在は知っている。しかし、いかにも純朴そうで愛らしい侑とはまったくもって結びつかなかった。

動揺を押し隠しつつ、忍はいたたまれない気分で次のビールの缶を開け、侑のグラスに注いでやった。

「それって、フリーゲーム？」

やっと、質問する余裕ができた。

「いえ、売ってます。一本出したところだけど、反応はあまり」

「どこで売ってるの？」

「即売会とか、同人ショップとか、ネットとか……」

「面白いね。軌道に乗ってる？」

「まだ赤字です」

やはり、忍の知らない世界というものは世の中にあるらしい。

「でもいつか黒字になるんだろう？　すごいな、夢があって」

感心して唸《うな》る忍に、侑は目を瞠《みは》った。

「変だと思いませんか？」

「いや、別に。商業ベースに乗らなくても、いいものはいっぱいあるし」

そんなことより、こんなにピュアそうな侑が性的な作品を手がけていることのほうが驚きだ。

「でも、肝心のところがだめなんです」

「肝心のところって？」

「エロです」

きっぱりとした返答があり、忍はたじろいだ。

「エロが描けないんです。僕、経験なくて……」

「ええと……」

忍は耐えかねて、つい、どうしようもない合いの手を挟んでしまう。

「あっ」

そこで初めて失言に気づいたらしく、侑は自分の口許をぱっと両手で覆った。

「…………」

「…………」

互いに長々と沈黙してしまい、忍はビールを最後まで飲み干してから、はんぺんの攻略にかかる。一方、侑は凍りついたように下を向いたままだ。

どうしよう。

そう思ったとき、侑が呻《うめ》くように声を振り絞った。

「すみません、今の、聞かなかったことにしてもらえませんか」

「どのへんを?」

「経験ない、のあたり……」

彼は十八禁のゲームを作っていることよりも、経験がないのを恥じているらしい。

「そっち系のゲーム作っているのに?」

「……はい。だからそういうシーン、下手で……」

侑はもう開き直ったのか、グラスに手を伸ばして二杯目を一気に飲み干した。

「じゃあ、違うジャンルにしてみたらどうだろう」

それは、ごくありがちなアドバイスだった。

苦手なことをあえてやるよりも、得意方面を伸ばすほうがいいに決まっている。

「ううん。相方……イラスト担当が作りたいのはそういうゲームで……。僕もそういうゲームをよくプレイするし。好きだから、頑張りたいんです」

——なるほど。

「中嶋は、すごく才能あるんです。絵がとにかくすごくて。でも、絵はいいのに文章で全然ヌケ……」

再びの沈黙。

ヌケ……の次は抜けない、と言いたかったのだろう。

いかにも純情可憐《かれん》な侑にしては直接的な話法で違和感を覚えるが、仲間内では日常的な会話なのかもしれない。

「とにかく、萌えないって言われちゃったんです。あ、萌えってわかりますか？」

「何となく」

「あいつの才能を活かすには僕が全然だめで……」

相方の才能を買っているという理由もあるのだろうが、彼はそういうゲームを作りたいのだろう。

「それはわかった。でも、それとこのバイトがどう関係があるんだ？」

「次のゲームが新婚ものなんです」

がばっと顔を上げて、侑が言った。

「それで、新婚体験してみたいなって思って……」

「そうか」

しかし、新婚生活のほうが想像はしやすいのではないだろうか。

むしろ、彼が学ばなくてはいけないのは性行為のほうだと思うのだが。

「忍さんは、どうしてですか？」

「俺は結婚生活を疑似体験してみたかったんだ。男の子が来たのは驚いたけどね」

面倒になって、つい、誤魔化してしまう。

「だって、疑似とかじゃなくても、忍さんはイケメンだし、相手なんてすぐにできそうじゃないですか。部屋も綺麗だし、なんかすごく欠点があるってわけじゃなさそうで……」

侑なりに褒めてくれているらしいので、忍はなぜかくすぐったくなる。

実際にはそこまでできた男じゃない。

ただ、自分の時間を邪魔されたくないだけだ。

いや、この人なら邪魔されてもいいと思える人と出会えなかったのかもしれない。

「俺は、一人のほうが好きなんだ。静かに読書する時間が至福だし、そういうのをわかってくれる女性とは、今までにあいにく巡り会えなかった」

忍がつらつらと答えると、侑は首を傾げる。

「一人が好きな人を捕まえれば？」

「見た目で結構ちゃらいって思われるらしい。それで、そういう女性しかついてこない」

「じゃあ、自分を改造して、逆に見るからに暗そうな外見にするとか」

その発想はなかった。

感心する忍だったが、「それもだめだな」と首を振る。

「一応、身綺麗にはしていたいんだ」

「……忍さん、少し……」

「わかってる。ナルシストだって言いたいんだろ」

忍は右手を挙げて、侑の台詞を遮った。

「……すみません、僕……酔ってるみたいで……」

「いいんだ」

忍は肩を竦《すく》めた。

「自意識過剰なのかもしれない。だけど、俺は……昔は自分の外見に自信がなくて、すごく暗い時代があった。あんな思いは、二度としたくない。それで、必要以上に取り繕うようになったんだ」

「あ、そういうことだったんですね」

なるほど、と言いたげに侑はぽんと手を叩いた。

「うん。でも、君の場合は、解決法はもっと簡単な気がする」

これ以上自分に話の焦点が当たるのは嫌だったので、忍は話題を転じた。

「簡単？」

「そう。誰かと初体験しちゃったほうがいいんじゃないか？」

「そうですけど……ゲームのために適当な体験をしたって、心情がついてこない」

「心情？」

「心理描写です。今回は新婚ものなんです。心と心が通じてないと、意味がありません」

熱弁をふるう侑の言葉に、理解できた。

「君だって、相手ぐらいすぐに見つかりそうじゃないか？　眼鏡かけてるのも、かけてないのも似合ってる」

最初に不審がられたため、可愛いという言葉は、ぐっと飲み込んでおく。

「忍さんは、どっちが好きですか？」

「強いて言うなら眼鏡っ子のほうがいいかな」

と軽口を叩いてから、忍はもうちょっと侑を追及することにした。

侑が明らかに話題を逸《そ》らしてるので、何となくからかいたくなったのだ。

「新婚生活は想像でも補えるだろうから、初体験のほうが重要だ」

「でも、童貞捨てるのって相手が誰でもいいわけじゃないでしょう！　相手の身許も気になるし、できれば信用できる人がいいし！　だから、今回……」

そこで、侑がしまったというようにまたしても口を押さえる。

その仕種が、とても可愛い。

それから、忍はようやく侑の言わんとすることを理解した。

「――もしかして、初夜をしたかったたってこと？」

忍が直球を投げると、侑は「ううーっ」と小さく唸ってからこっくりと頷いた。

可愛いなあ……。

忍が女性だったら、間違いなく侑を喰っているだろう。

手取り足取り、喜んで教えてあげるのに、今時の若い女性っていうのは見る目がない。

――いや、べつに、教えるのは男だっていいのでは……？

まさにコペルニクス的転回で結論に辿り着き、忍は自分の発想に目を瞠った。

俺って天才ではないだろうか。

男と寝たことはないけれど、侑は好みだ。

こんなに可愛い子だったら、躊躇わずに触れるだろう。

初めて写真を見たときから、侑を可愛いと言っているのは紛れもない本心だった。

思いきって、持ちかけてみようか。

利害はある意味、一致しているはずだ。

「じゃあ、今日、しようか」

忍は極力軽い調子で、侑に誘いかけてみる。

無論、心臓がばくばく震えている。

おくびにも出さないように気をつけているが、自分が初体験したときよりも、ずっとずっと緊張していた。

「え？」

「初夜。一日遅れになるけど、俺たち新婚だろう？」

顔を上げた侑が、潤んだ目でじいっと忍を見つめている。

くらくらするほど、魅力的な瞳。

緊張しているのは、こっちだ。

侑はどう答えるのだろう。こんな馬鹿げた、息苦しいような言葉を口にしなければよかった。

無言のまま、侑は自分を見つめている。

その意外な目力に強烈な色香を感じてしまい、忍は微《かす》かに息を飲んだ。

「とりあえず、先にご飯、食べようか」

結論はそのときでいいと先延ばしにしたつもりだったが、侑はまったく想定外のことを口にした。

「……はい。じゃあ、そのあとで……お願い、します」

「何を？」

「……初夜」

侑がそう口走ったので、自ら申し出たこととはいえ、信じられずに忍は口を噤《つぐ》んだ。

そのあとの食事は、残念ながら味をまったく思い出せなかった。

これから関係を持つ相手と食事をしたことなんて、何十回と経験があるのに、こんなに緊張したのは初めてかもしれない。

相手が知り合って間もない同性ということもあるのだが、それ以上に、侑のことをまだほとんど知らないというのも相まって、気分が張り詰めていく。

童貞というのは侑の自己申告というわけだし、彼は本当は女性経験も男性経験もあるのではないか？

そうでなければ、たとえ大好きな創作活動のためとはいえ、こんなにあっさりと身を投げ出さないはずだ。

いや、でも、現代っ子だからこういうのはゆるいのだろうか。

——だめだ、お手上げだ。

自分よりも七つも年下の青年の考えることは、既に理解不能だ。

とにかく食事を終えて、交代で風呂に入ることにした。まずは忍が先に風呂を使う。

忍は侑が当分出ないだろうと踏んで、近くのコンビニエンスストアまで出向く。

買い物を含めて、十分もあれば往復できる。

忍が帰宅すると、案の定、侑は浴室でもたもたしているらしい。

そのことに安堵《あんど》して、何食わぬ顔でソファに腰を下ろした。

忍がビールを飲んでいると、侑が浴室から出てきた。

昨日と同じでおよそ色気のないパジャマ姿なのだが、そのかっちりとした隙のない、まるで優等生が修学旅行に行った——みたいな雰囲気が、いい。

おまけにさっきのあの眼鏡まで装着している。

ひょっとしたらこれが、サブカルジャンルでよく耳にし、侑も口にしていた『萌え』というやつなのだろうか。

「お風呂いただきました」

「うん、こっちにおいで」

忍がぽんとベッドサイドを叩くと、右手と右足を一緒に出しながら侑がぎくしゃくと近づいてくる。

あからさまに緊張しきっている表情だ。

ぽすん。

傍らに腰掛けると、すぐさま彼はいたたまれぬ様子で俯いた。

スリッパのあたりに視線をうろうろとさせていて、肩を落とした様は何だか身売りする少女みたいに可憐でたまらない。

「緊張してる？」

わかりきっているのに、つい、聞いてしまう。

「……はい」

「優しくするよ」

何だか悪い男の常套句《じょうとうく》みたいなことを口にしてから、忍は反省した。

優しくするのは当然だ。

この子は初体験で、今日は初夜なのだから。

「忍さんこそ、いいんですか？」

「もちろん。でも……そうだな。せっかくだから何かシチュエーションを決めよう」

緊張を解《ほぐ》すために、忍は思いつくまま適当なことを口走っていた。

「シチュエーション？」

「うん。ただエッチするんじゃなくて……テーマがあったほうがいいんじゃないか？　せっかく、ゲームのための取材なわけだし」

忍が持ちかけると、侑は「そうですね」と頷いた。

取材という言葉に肩の力が抜けたのか、さっきより口調がやわらかくなっている。

「それなら、どんなのがいいですか？」

「俺の？」

「はい。協力してもらえるんだし、それくらいは……」

「うーん……じゃあ、君は俺の年下の幼馴染みっていうのは？」

「幼馴染み？」

すぐにそのシチュエーションが出てきたのは、当然、浩二のことが頭を過ったせいだ。

「そう。長いあいだずっと好きだった相手と結婚して、今日が初夜――こういうシチュエーションだ」

何となくイメージしているのは、『小さな恋のメロディ』みたいなものだ。昔懐かしい映画で、母が好きでよく見ていたのを覚えている。

これではまるでイメクラのようだと思ったが、言わないほうがいいだろう。

これで侑の気分が乗らなければ、もちろん、やめておこう。

何が何でも侑としたいわけでは、ない。

ただ、彼の望みを叶《かな》えたいという建前があるのだ。

「どうだろう」

「いいと思います。幼馴染みって、萌え系のシチュエーションですし！」

侑が乗り気なら、これはもしかしたらいけるのかもしれない。

何となく、忍も萌えの何たるかが摑めてきそうだ。

「じゃあ、始めよう」

「はい、よろしくお願いします」

うって変わってか細い声が、鼓膜を擽《くすぐ》る。

そういう奥ゆかしさが可愛らしくて、忍は微かに息を飲んだ。

このまま、欲しい。

そんな思いが込み上げてくる。

とん、と肩を押してベッドに侑を押し倒す。

そして、そのまま彼の細身の肢体を組み敷いた。

「嫌だったら、嫌と言ってくれたらやめる」

軽く握った両手の骨張った感触。

彼はやはり男なのだと、実感する。

なのに、気持ち悪さは皆無だった。

「はい」

「言葉にできないときは、俺を叩いてみて」

「……もしかして、叩いてほしいんですか？」

「残念だけど、ＳＭ趣味はない。だけど君が可愛いから、殴ってくれないと止まらないかも」

冗談めかして忍がリクエストすると、侑がぶんぶんと首を横に振った。

「そんなことできません！」

「強く叩く必要はない。こうやってくれればいくら俺だって冷静になる」

忍が自分の肩のあたりをぽんと叩くゼスチャーをする。

「忍さん、昂奮《こうふん》してるんですか？」

「──当然だ」

忍は一度息を吸ってから、真顔で侑を見つめた。

「ようやく手に入れた幼馴染みと、今夜、思いを遂げるんだ。誰だって昂奮する」

「あ……」

プレイに入ったという合図のつもりで『幼馴染み』と口にしたのだが、侑はそれをはっきりと認識したらしい。

半ば潤んだ目で忍を見上げ、「嬉しいです」と答えた。

「お願いします。僕の初めて、もらってください」

「そう言われると責任重大だな」

忍の言葉に、侑は眉根を寄せる。

「何？」

「ごめんなさい、プレッシャーかけるつもりはなくって……」

「わかってる。君は俺に、気を遣いすぎだ」

「だって」

「顧客だから？　違うだろう、君は俺の妻だ。少しくらいわがままを言ってくれていいんだ」

忍はそう囁《ささや》くと、侑のパジャマのボタンに手をかける。それだけで侑の顔が赤く染まって、まるで化学変化みたいだ。

その前にキスをしたいが——それはだめだ。

とにかく、何か気持ちを逸らしてあげよう。

いきなり脱がせたら、驚かせてしまうかもしれない。

シャツのボタンはそのままに、改めて彼の顎《あご》を左手で摑む。

「忍、さん……？」

「好きだ」

あの薄くて可愛らしい耳に囁きかけながら、右手で眼鏡を取り去って侑の顎を舐《な》める。

「ひゃっ」

ただそれだけでぴくっと身を竦ませる侑が可愛くて、忍は誘われるようにその首のラインを舌先で辿った。

「ん……」

手探りで、眼鏡はサイドボードに置く。

――あれ？

反応が、ない。

顔を離してみると、目を見開いたまま侑が完全にフリーズしてしまっている。

「侑、どうした？　気持ちよくない？」

「わからないです。こういうの、ゲームだと気持ちよくなるのがセオリーなんだけど……何かちょっとくすぐったくて、変な気持ちがするくらいで……」

ゲームの話を持ち出すこと自体、素に戻ってしまっていると思うのだが、気にしないように努めた。

そもそも、ゲームと実体験が同じとは限らない。

ゲームにはゲームの文法があるはずだ。

「平気だよ。慣れればきっとよくなる」

「慣れる？」

「そう。新婚なんだから、何度もするよ」

忍は耳打ちすると、今度は侑の鎖骨を舌でねろっとなぞる。

「！」

今度は、こちらが驚くくらいに、顕著な反応があった。

「どう、だ？」

「わからない、けど……なんか……」

迷っているのか、侑の言葉が途切れる。

「まだ、変な気がする？」

「はい」

「それでいいんだ。可愛いよ」

可愛いという言葉に、侑がふにゃっと力を抜くのがわかる。

この単語は侑にとってキーポイントらしい。

そして、その反応こそが忍の劣情を加速させる。

「可愛い、侑……すごく」

「うれしいです……うれしい……」

ボタンに手をかけ、二つ三つ外すと、侑の膚《はだ》が露になる。

つい息を飲んだのは、その膚があまりにも綺麗だったからだ。

自分のものとも、もちろん、これまでの彼女ともまた違う質感。

上手く言えないけれど、清楚で。

これが他人を識《し》らない肉体なのかと思うと、かっと全身に火が点いたように躰が火照った。

焦りつつも残りのボタンを外し、身を捩《よじ》る侑のパジャマは上だけを完全に脱がせてしまうと、なめらかな膚が現れる。

小さな乳首が物珍しくて思わず指できゅっと摘《つま》んだところ、侑が喉奥で悲鳴を上げた。

「……悪い」

「ううん……変な感じ、だけど……なんか……」

掠れた切れ切れの声も、悪くない。

いや、なかなか味があっていい。

「なんか、何?」

「むずむずっていうのか……躰の奥から……あっ」

初めて甘い声が漏れて、侑はそれに気づいて真っ赤になった。

自分の喘《あえ》ぎを初めて認識して、そのことに動揺するなんて純情すぎて、たまらなく可愛い……。

本気で慈しみたくなってしまう。

「どうしよ……」

「どうしなくてもいい。俺に可愛がられてくれ」

「はい」

侑は囁いて、そっと忍の頬に触れる。

「僕のこと、可愛がってください」

「侑、いいのか?」

「ずっと、こうしたかったんです」

偽物だとは知っている。

本当は幼馴染みじゃないし、こういう設定のプレイでしかないって。

けれども、躊躇いがちな侑からの告白に、本当に田舎の幼馴染みに告白されたような錯覚を感じた。

「侑……」

大きな目を潤ませて自分を見上げる侑に、忍の昂奮はうなぎ登りだ。

やばい。

一気にテンションが上がった忍は、今度は侑のパジャマのズボンと下着に手をかける。

「！」

恥ずかしげにぴくんと身を竦ませるういういしさ。

もう、さっきから侑の一挙一動に煽られっぱなしだ。

「本当に、君は……すごく可愛いよ」

羞《は》じらう侑の性器は震えながら勃ち上がっており、彼がこの行為を受容しているのを見て取れた。

濡れてる。

男の性器なんてまともに見るのは久しぶりでついじっくり観察しかけて、忍は慌てて視線を逸らした。

あまりにもまじまじと見てしまえば、侑のことだから、何か変じゃないかと気にするに決まっている。

「――テンション、下がりましたか？」

ふと、侑がくぐもった声で聞いてきた。

「え？」

「僕……男だから……」

口許に両手首を当てて変な声を出さないようにしているであろう侑の姿に、昂奮が加速度的に増していく。

むしろ、減らしてほしいくらいだ。

「上がってるよ」

掠れた声で、忍は告げる。

「本当に？」

困った様子の侑が、すごく……可愛い。

「こんなに可愛い俺の幼馴染みと一緒になれた、最初の夜だ。昂奮しすぎて、自分が怖いくらいだ」

それを聞いた侑はほっとしたように微笑む。

「嘘でも、うれしい…です…」

嬉しいのは、こっちのほうだ。

侑の初めてをもらってしまう。彼とこれから結ばれるのだ。

「侑」

愛しさすら覚え、忍は侑のそれに指を絡める。

熱い。

そのまま、小ぶりの性器をゆっくりと愛撫《あいぶ》する。

「ふ、ぅ……うう……」

控えめな喘ぎ声が可愛くて、忍は殊更丁寧にそれを扱いてしまう。

「ぼく……なんかに、そんな……」

「いいよ、気にしないで」

思春期に幼馴染みとこうした愛撫を経験済みだったので、気持ち悪さはなかった。

首にくちづけると、さっきと違って汗の味が濃い。

「んっ、んっ」

汗よりも忍の唾液《だえき》でこの膚を濡らしてみたくて、積極的に舐めていくと、侑がそのたびに身を震わせて。

それに応じて、彼の性器も力を増していく。

「や…だ、だめ……出る……」

「達《い》きそう?」

侑の顔を見たくて忍はさりげなく身を起こしたが、彼は両手で自分の顔を覆ってしまっている。

「はい、待って……あ、あっ、あ……ッ」

途切れそうにせつなげな声を上げながら、侑が体液で忍の手を濡らしてしまう。

開いたままの唇から、荒い息が零《こぼ》れている。

それを見るだけで、達く瞬間を見るよりもずっと感動した。

恥ずかしい顔を見られたくないという、侑の慎ましさに。

やがて彼が手の力を抜いて、上気させた頰のままこちらを見やる。何か言いたげな顔をしてから、侑は目を瞠った。

「あ……ごめんなさい……！」

それは、彼が忍のTシャツを濡らしてしまったことを指しているらしい。

「いいよ、脱ぐし」

忍がばさりと上を脱ぎ捨てると、侑は戸惑ったように目を伏せた。

「あの、僕も……したほうが……」

「大丈夫。俺に任せて」

完全にリードする姿勢を見せると、侑はほっとしたらしく躰の力を抜いていく。

「さっきの、少しは気持ちよかった？」

「すごく……よくて、僕……どうすればいいか、わからなくて……」

「よかった」

忍はローションを取り出し、それを自分の掌《てのひら》に絞りだした。

さっき、侑がシャワーを浴びているあいだに買ってきたのはこれだ。性行為のためのものはなかったが、何もないよりはいい。

「それ、何……？」

市販のローションは、ありふれたものを選んだつもりだったが、侑は知らないのだろうか。

「ローションだよ。ほら、すべりがよくないとつらいし」

「すべり？」

理解できていないらしく、発音が妙にたどたどしい。

「つまり、その……挿《い》れるんだ」

「！」

怯《おび》えたように、侑が身を強張《こわば》らせる。

「挿れるって……わかるの？」

「はい……そういうジャンルあるし……」

「……ジャンル？」

忍が首を傾げたが、侑はそれ以上何も言わなかった。

「うつぶせになれる？」

「はい」

「あ、枕……お腹《なか》に入れたほうがいいかな」

「こう、ですか？」

「うん」

そのほうが体勢が安定するし、忍もやりやすい。

彼が素直に従ったのを了承と受け止めて、忍は侑の尻をそっと撫でた。

本当に嫌だったら、このあたりでやめてほしいと言うだろう。

ちなみにうつぶせになってもらったのは、男が受け身の場合はどっちが楽かを考えての結果だ。

知識はいまひとつなかったけれども、直感的に、どうすればいいのかはうっすらわかる。

「ひっ」

小さな切れ目を指先で撫でると、途端に侑が息を飲んだ。

「やめる？」

忍だって、こんなことをされたら嫌だ。

好きでもない相手にされたら、退いてしまうだろう。

だから、侑が嫌がったらやめるつもりだった。

「やめないで、い……でも……」

「ん？」

やめないでいいなら、このまましてみよう。

そう思った忍の指が、くちゅんと音を立てて彼の内側に沈む。

あったかいな……。

人の体温を、直《じか》に指で感じるのは久しぶりだ。

かなりきつかったが、少し力を入れて指を沈めてみる。

「ッ」

侑の躰がぴんと強張った。

「侑、痛い？」

「いたい……なんか……」

「何？」

話をできるあいだは、彼が拒まない限りは続けてみるつもりだった。

「はいらない……はいらない、無理……無理……」

ローションをつけて指で解しているだけなのに、侑の狂乱ぶりはひどかった。彼は前知識があるらしく、挿れることがどれだけしんどいことなのかわかっているのだろう。

けれども、だからこそ、したい。

「嫌？　嫌なら、ここでやめるよ」

忍の指は第二関節まで入っていて、あともう少しだ。

それとも中指も入れたほうがいいのだろうか。

正直、自分が挿入することを考えると、あまり意味がない気もした。

それでも、侑が自分のせいで乱れるのを見ていたくて、つい、ねちっこく掻き混ぜてしまう。

「……嫌じゃ…ない、です」

シナリオのために初体験をしたいだけかもしれないが、侑は驚くほど健気《けなげ》だった。

指でくちくちと解しているうちに、侑の息が次第に上がってくる。忍に尻を突き出したまままで、躰にはあまり力が入っていないようだ。

「ん、ふ……あ……」

声が、さっきよりも甘い。

二本目の指を入れているうちに、少し、強張りが解けてきたような気持ちすらする。

「侑？」

「な、んか……慣れたみたい……少し、楽……」

「よかった」

安堵した忍は、そこで指を引き抜いた。

これ以上指を挿れられるほど器用ではなかったし、侑の熱い体内を弄っているうちに、忍自身の欲望も増していたからだ。

欲しい。

「侑、力抜いてて」

「……はい？」

忍は侑の戸惑いを無視し、下も脱いで、改めて自分自身のものを押しつけた。

完全に力は漲っており、痛いくらいに侑を欲している。

たまらない。

「挿れるよ」

「え、無理、むりです……お尻、はいらない……」

さすがに侑は客観的に自分の事象を捉《とら》えているようだったが、もう遅い。

ここでやめろと言うほうが生殺しだ。

「入るよ。嫌ならやめる」

嫌かどうかを聞けば、侑はぐっと押し黙る。

「忍さん、こそ…いやじゃ…」

「したい」

忍は端的に言うと、侑の腰を軽く持ち上げるようにした。

端的に言えば、したい。

ここに挿れて、侑の体温をじっくりと味わいたい。

「ごめん、前からじゃなくて」

本当は、どうせなら顔を見ながらしたかった。

いろいろな顔を見たいし、可愛がったらどこまで蕩《とろ》けるか知りたい。

ずぷっと音を立てて、それが入り込んでいく。

「初めてなのに、顔、見えないな」

相手が苦しがる声を聞いて可愛いも何もないのだが、それが率直な感想だった。

「ひ、ぅ、う……」

可愛い。

「侑」

「なに、あ、もっと……はいる……」

もう、会話になってない。

いや、なるはずがないのだ。

侑の細い腰を両手で摑んで、忍は自分の中にある嵐を堪《こら》えようと必死だった。

気持ちいい……。

少し挿れただけなのに、侑のきつすぎる肉体が忍を締めつけている。

はあはあと息を乱し、侑もまたこの波に翻弄《ほんろう》されっぱなしだ。

もうどうすればいいのかわからないと言いたげな虚《うつ》ろな目が、とても愛おしい。

「侑……もっと挿れたい……奥まで、挿れさせて」

汗ばんだ侑の躰をベッドに押しつけて、奥までぐいぐいと押し込んでいく。

「ん…は、あ……ああ……」

「すごい……まだまだ入る」

忍は掠れた声で呟く。

こんなふうに、じっくりと可愛がりながら、それでいて欲望が萎《な》えないのは初めての体験だった。

侑が欲しい。欲しいから、少しでも彼を可愛がりたい。

感じさせたくて。

「あ、は…しのぶ、さん……まだ……？」

「もう入らないよ。ほら、当たったの、わかる？」

互いの膚と膚を密着させると、侑は「あ」と小さく呻いた。

「そっか……これ、ぜんぶ……入ったの……？」

「そう。侑の小さなお尻に、俺が全部入った」

そう言った途端、侑がきゅっと締めつけてきたので、忍は狼狽した。

恥ずかしいことをいわれたせいで、動揺したのかもしれないが……それが、たまらなくよかった。

だめだ。

「侑、動いていい？」

「え？」

「ごめん……俺、すごく……君が欲しい」

謝りながら、忍は耐えきれなくなって腰を動かし始める。

「ひっ！　やう、まって、あ、あっ」

「ごめん、侑……でも、ずっとこうしたかった……」

感極まりながら、忍は呟く。

「え？」

「幼馴染み、だろ」

シナリオを忘れてはいけない。

今の自分たちは幼馴染み同士なのだから。

でも、したかったというのは、あながち間違っていない気がする。

侑を初めて見たときから可愛いと思っていた。

それが、性欲と結びつくかどうかは別だったけれど。

「はい……僕も、したかった……です……」

途切れ途切れに侑の返事が戻ってきたので、忍はいっそう、燃え上がるものを覚えた。

「ひ、ん、んっあ、あ……はあ、ああ……」

侑がどうやって快楽を吐き出せばいいのかわからないとでも言いたげに、息と声を切れ切れに押し出す。

彼が息をするごとに締めつけられるみたいで、忍はもう耐えきれなかった。

「ごめん、侑……出す……」

「えっ⁉」

「すごく、いい」

囁きながら、忍は侑の体内を乱暴に突き上げる。

どくっどくっと熱いものを注ぎ込まれて、侑は躰を硬直させる。

「あ……」

「ご、ごめん……」

かくんと力を抜いてしまった侑から身を離すと、ぼんやりとした侑が振り向き、忍を見上げた。

「これ、中出し……ですか……？」

「え、あ、うん」

「うれしい……」

どきっとした。

わかっている。シナリオのために中出しを体験できて嬉しいということなのだろうが……

何なんだ、これは。

「今、達けなかっただろ？」

「え？　あ、はい」

「達かせてあげるから」

そう告げた忍は今度は侑に上を向かせて、それを扱こうとする。

「待って、あ、あの、」

今度は顔を隠す余裕すらないらしく、シーツを掴んだ侑は、目をぎゅっと閉じ、口を半開きにして快感を貪《むさぼ》っている。

「出していいんだ」

「でも、あ、あっ……ひ……」

既に反応しきっていたらしく、包み込んで少し扱いただけで侑は達してしまった。

「あ……」

ぼんやりとする侑は、大きく目を瞠り、ばつが悪そうに膝《ひざ》を摺《す》り合わせた。

「どうした？」

「一日で、こんなに達ったの……初めて、で……」

「へ？」

「いえ、あの」

真っ赤になる侑が可愛くて、忍は今度こそ自分の中の自制心が焼き切れるのを感じる。

「じゃあ、新記録を作ろう」

「え⁉」

要するに、オナニーも一日一回しかしないなんて……健全すぎて涙が出そうだ。
こんな可愛い子を自分の思うままにできるなんて、素晴らしいことだった。

3日目

……ほんとに、しちゃったんだ……。

目を覚ました侑《ゆう》は、自分の頬《ほお》が火照っているのに気づく。

あれから数時間経《た》っても火照りが取れないなんて、我ながら不思議だった。

しかも躰《からだ》が、やけに痛い。まるでハードな運動をした翌日のように、全身が強張《こわば》っている。

「侑？」

右側から声をかけられて、侑は動揺し、反射的に挨拶《あいさつ》を発していた。

「お、おはようございますっ」

眼鏡を探して手でサイドボードを探ると、すぐに慣れた感触がある。

慌てて眼鏡をかけて上目遣いに忍《しの》ぶを見上げたところ、すっかり着替えた彼が不安げに侑を見守っていた。

「ごめん、寝てたんだ……起こしちゃったね」

「いえ、大丈夫です」

忍が侑の傍らに腰を下ろし、じっと顔を見つめてくる。

「躰は、平気?」

「あ、平気……です」

そういえば、自分の読んだ漫画や小説では事後は腰が痛くなるらしい。侑もご多分に漏れずに動くのがつらかったが、それは言えなかった。

「無理しなくていいよ」

忍は申し訳なさそうな顔になり、侑の頭をくしゃっと撫《な》でた。

「無理って……?」

親愛の籠《こ》もった仕種《しぐさ》に安堵《あんど》しつつも、侑は首を傾《かし》げる。

「動けないのに動けって言っても、つらいだけだよね。だから、今日は寝ていてもいい」

「忍さんこそ、無理してないですか」

本当は聞かないほうがいいと思ったけれど、その問いは自然に零《こぼ》れてしまう。

「無理って、俺が? むしろ、すっきりしたけど……」

そう言ってから、忍はすぐにばつが悪そうな表情をする。

この美形から俗っぽい台詞《せりふ》を聞けて、むしろほっとしてしまう。

自分の望みにつき合わせただけだとしたら、何だか恥ずかしいからだ。

「ごめん、失言」

「いいんです。ただ、気持ち悪くなかったですか?」

「どういう意味?」

「男同士なのに」

忍がぽかんとした顔になり、真意を問い質《ただ》すように侑を見つめる。

「だから、その……あんなところ触ったり、舐《な》めたり……」

さすがにフェラチオまではされなかったが、侑にとっては十二分に衝撃的な初体験だった。

「風呂上がりだったからね。君はきれい好きだと思ったから、隅々まで洗ってくれたと思っている。それに、どこであろうと単なる皮膚だ」

忍の返答は端的で、突っ込む余地がない。

「幼馴染《おさなな》み《じ》と初めてのエッチっていうシチュエーションもよかったし」

そう言われて、侑はいたたまれなくなって真っ赤になってしまう。

それはもちろん……初めてだった侑には当然だ。

「すみません、ご飯、作ります」

「いいから、寝ててくれ」

忍は微笑《ほほえ》む。

「でも」

「動けないみたいだし」

「う……」

そうなのだ。

躰が全然言うことをきかなくて、侑はさっきから困り果てていた。

腰が怠《だる》くて、なかなか動けない。

「朝ご飯作れないのが申し訳ないと思うなら、そうだな……あ！　帰ってきたときに裸エプロンでもして待っていてくれないか」

「裸エプロン……？」

目を丸くする侑に、忍が「そうだ」と頷《うなず》いた。

意外だ。

こんなイケメンにも、そういったマニアックな嗜好《しこう》があるのか。

「エプロンなら、キッチンにかけてあるし」

「いいですけど、そういうの、好きなんですか？」

「好きかどうかは考えたことなかったけど、新婚だったら王道……なんだろう？」

どうやら、最後のあたりが自信がなさそうに揺らいだのは、彼が不安を抱《いだ》いているからのようだ。

侑につき合うために、萌《も》えについて調べてくれて行き合ったのかもしれない。

確かに、新婚ものをするのに裸エプロンは重要なスパイスだ。

どうやら、忍なりに侑のシナリオ作成に協力するつもりがあるらしい。

「わかりました。帰る時間教えておいてもらえますか？」

「どうして？」

「だって、何か来たら困るし……」

「ああ、そうだな。荷物が届いたときとか困るか」

頷いた忍は、侑に「メルアド教えて」とさらりと頼んできた。

「はい。僕のスマホ取ってもらえますか？」

メールアドレスの交換を初めてする新婚夫婦、か。

何だか面白くなって、侑は小さく笑った。

「あれ、このメルアド、ジューンブライドの？」

「はい。プライベートのアドレスを教えるのは禁止されているので」

ジューンブライドのメールアドレスを使うと、ほぼリアルタイムでスマホに転送される設定にしてあるので、問題はない。

家で何度も実験済みだった。

「それはそうか。――どうぞ」

「ありがとうございます」

「ごめん、熱いかな」

電子レンジであたためただけと思われるミルクは薄い膜が張っていたが、砂糖を入れてくれたらしくて、甘く美味《おい》しかった。

胃に、じんわり染みる。

それはまるで、忍の優しさのように。

「少しくらいなら、平気です。それに、お腹空《なかす》いていたので嬉しいです」

「飯はここで食べる？」

「いえ、僕、ベッドの中で何か食べるの苦手なので、起き上がれるようになったら自分で食べます」

「俺と一緒だ」

さりげなく忍はそう言ってから、手を伸ばしてもう一度侑の髪を撫でた。

「欲しいもの、ほかにある？」

「ないです」

「わかった。じゃあ、行ってくる」

身を屈《かが》めた忍が額にキスをしてきたので、侑は目を丸くした。

「あ……ごめん」

「き、昨日の、幼馴染みモードがまだ残ってるんですか？」

動揺からたどたどしく問いかける侑に、忍は「そうかも」とばつが悪そうに言う。

忍にとっては、幼馴染みというのはかなり萌えるパターンなのだろうと把握できる。

幼馴染み萌えか……自分にはない属性で、すごく新鮮だ。

そういえば、中嶋《なかじま》もそういうのが好きだって言っていたな。

次のシナリオに、幼馴染み要素を加えるのもありかもしれない。

寝込んだまま忍を送ってしまうと侑は退屈になってきた。

いくら新婚でも、ここまで怠けるのはどういうものか。そもそも、ベッドでごろごろするのも限界がある。

そろそろ、起きようか。

まだ腰は痛いけれど、夕食の買い出しだってしなくてはいけない。

それからふと、スマホを放置していたのを思い出した。

——侑、何やってんの。

中嶋から、スマホのＳＮＳアプリにメッセージが入っている。

——バイト。

——バイト？　どこ？　始めたの？

——うん、新しいバイト。

——何？

——接客だよ。短期だから帰ったらメールする。

——変なバイトじゃないならいいけど……シナリオは？

——研究中。

あまり突っ込まれたくないので、つい、返事が短くなってしまう。

中嶋と侑は、夏の大きな即売会を前に、中規模の即売会で体験版を配布しようと話している。

体験版とはいえ、それなりに萌えるものに仕上げなくては完成品を買ってもらえない。

おおまかなプロットはできていて、中嶋はそれに合わせて既にイラストを描いてくれている。

廉価版なのでイラストの点数自体は多くないし、ボリュームも少なくするつもりだったが、それでも手は抜けない。

中嶋のテンションがよくていい絵が上がってきているだけに、侑は大きなプレッシャーを感じていた。

——思ったんだけど、シチュエーションとかパターンに凝るのもよくないか？

——パターン？

中嶋の提案に謎を感じ、侑は短く聞く。

——ラブラブじゃなくて無理やりとかなら、経験なくてもエロく書けるかもよ。

——了解。

経験は昨日してしまったんだと書くのも気恥ずかしく、侑は適当にチャットを切り上げた。

中嶋は彼なりに、侑のシナリオをエロくするための打開策を考えてくれているようだ。

一応は案じてくれている中嶋に申し訳ないと思いつつ、ソファに横たわった侑は目を閉じる。

パターンに凝る、か。

昨晩、忍が提示したのは幼馴染み同士の新婚プレイだ。

しかし、ゲームにはバッドエンドやら分岐やらがあるし、攻略キャラも最低二人は必要だ。従って、ほかのパターンも書かなくてはいけない。

それに、今回使わなかったとしても、次回以降のネタになるだろう。

忍は侑のシナリオ作りに手を貸してくれるつもりがあるようだし、これを機にいろいろ試してみるのも手かもしれない。

だけど、どうして、あんなに優しいのだろう。

手違いで男の花嫁が派遣されたのに、忍はまったく怒らなかった。それどころか、侑をそのままこの部屋に置いてくれた。

そのうえ、新婚夫婦というカテゴリーに当てはめて、かなり甘やかしてくれる。

まるで本物の恋人みたいに、新妻みたいに扱ってもらえるのは、とても心地よくて。

「こういうの……かなあ」

こういうときめきを書き留めておけば、きっと次からの肥やしになる。

何だか不思議だ。むくむくと感慨が湧《わ》き起こってきて、侑は息を吐き出す。

これは疑似新婚生活で、あと四日で終了なんだとわかっているけれど、それでも楽しい。

短期間で終わってしまう修学旅行みたいに無責任な楽しさ。

それでも、いい。

今さえよければいいなんて刹那《せつな》的な性格ではないつもりだ。

でも今は、ここにいたくて。

忍と二人で過ごす時間を、存分に楽しみたかった。

「……あ」

そういえば、裸エプロンをしたいと言われていたっけ。

侑の持っているものは黒いデニムのギャルソンエプロンで、料理をするのには気を遣わないでいいけれど、裸エプロンをするにはロマンティックさに欠けている。

さっき言われた忍のエプロンも、シンプルさでは似たようなものだ。

買ってこよう。

せっかく忍が提案してくれたのだから、裸エプロンを完璧なものにしたい。

腰は痛いけれど寝ているうちにだいぶ楽になったから、出かけられるはずだ。

のろのろと起き上がった侑は、ダイニングテーブルの上に置かれた白いパッケージに気づいた。

湿布だ。

『自由に使ってください』

神経質そうな細さの忍の文字は走り書きだったが、十二分に読み取れる。

彼の優しさを感じてくすりと笑った侑は、有り難く一枚拝借した。


誰かが家にいる生活も、今日で三日目。

昨晩のできごとを思い出し、忍は複雑な気分で帰宅するところだった。

何ていうか。

忍には初物食いの趣味はなかったので、相手が初めてかどうか気にしたことはなかった。

けれども、昨日の侑は、その、つまり……すごく、可愛くて。

そんな場合ではないのだが、素直にときめいてしまった。

「あー……」

小さく呻《うめ》いたところで、犬の散歩をさせていた女性がぎょっとしたように忍を見やる。

ばつが悪くなった忍は、急ぎ足で自宅マンションへ向かう。

ときめいてどうする。

相手はアルバイトの花嫁、しかも、ネタ探しのためにバイトをしているのだ。

忍とのセックスだって、興味本位なのはわかっていた。

そもそも、今日も侑は待っていてくれるだろうか。

セックスしたことで気まずくなって、家に帰ってしまったりしなければいいのだが。

玄関の鍵を開けてドアを引っ張ると、光が溢《あふ》れてくる。

そこまでは、昨日と変わらない。

「ただいま」

意を決した忍が声をかけると、リビングのほうから「はーい」という朗らかな声が聞こえてきた。

昨日よりも玄関に出てくるのが遅いが、どうしたのだろう。

のそのそという足音とともに、侑が姿を現した。

「お帰りなさい」

出迎えた侑の姿に、忍はかっと目を見開く。

裸エプロン……！

リクエストしたくせに、すっかり忘れていた。

侑のエプロンは今時どこで売っているのかと聞きたくなるようなフリルレースのもので、それが侑自身の顔立ちと相まってやけにいやらしく見える。

だめだ。

これ、ものすごくテンションの上がる格好だ。

まさか、根暗だし面白みがないくらいに常識人だと思っていた自分に、こんな嗜好があったとは……人間の可能性とはすごいものがある。

つらつらとそんなことを考えつつたっぷりと三十秒はフリーズしている忍に、侑が「あの」と掠《かす》れた声で呟《つぶや》いた。

「ふ、不合格、ですか」

「え？」

「僕……恥ずかしくて、その……穿《は》いてるんです」

「…………」

家に上がった忍は、狭い廊下で侑の脇を通って彼の背後に回る。

――あ。

立ち尽くしている侑は、確かにトランクスを穿いていた。

これでは完璧な裸エプロンとはいえないと、忍はなぜだか落胆してしまう。

そういう好みはないはずだったが、せっかくの裸エプロンなのだ。

「じゃあ、脱いでくれる？」

「どうして……」

「こういうときは女物を着るべきだよ。そうじゃないなら、脱がないと」

おいおい、と自分自身に内心で突っ込んだが、侑は恥ずかしそうに廊下の壁を背にすると、トランクスを脱いでそれをポケットに押し込んだ。

「あ……そう、ですよね……すみません」

え？　それってありなのか？

狙《ねら》っているわけではなくて、こんなところで脱ぐなんて……天然にしてもほどがある。

「君、自覚……ある？」

昂奮《こうふん》を堪《こら》えているせいで、つい、押し殺したような声が出てしまう。

「え？」

怒らせたのかと思ったのか、侑の躰が強張るのがわかった。

「すごくエロい」

「は？　あの、裸エプロンが？」

「いや……何ていうか、君のしてること、全部」

振り向いた侑をそのまま壁に押しつけ、忍は至近距離で顔を近づける。

「し……」

「侑」

「あの、顔、近い、です……」

このままキスしてしまいたいという衝動を抑え込むのに必死で、理性を働かせるほかない。昔の遊女じゃないけれど、さすがにキスをしてはいけないのではないか、という後ろめたさを感じていたからだ。

「可愛い。君、すごく……」

キスを堪えるために耳許でそう囁《ささや》くと、侑が「嬉しいです」とか細い声で返してくれた。

「可愛いって褒め言葉になってる？」

こくりと侑が頷いた。

「……今は、僕はあなたのお嫁さんだし」

「そうか」

侑は設定をきちんと守りきるつもりらしく、その一生懸命さには感心してしまう。

「忍さんこそ、どう思いますか？」

「どうって？　強いて言うなら感動してる、だな」

感動という大袈裟《おおげさ》な発言に、侑は目を丸くしている。

「だって男なのに、裸エプロンなんてして……」

「俺の望みだ。それに、俺は君の夫だ。気持ち悪いなんて思わないよ」

「よかった。変って思われたらどうしようかと思いました」

「何で？」

「悲しいです。嫌われたら……」

「嫌わないよ」

金のかかった『ごっこ遊び』のはずだった。

なのに、お互いの言葉から少しずつ嘘がなくなっている気がする。

上手《うま》く表現できないが、要は嘘くささがなくなっているように思えるのだ。

「じゃあ……」

そこで、不意に侑が言葉を切った。

「──あの、そろそろ……離れてもらっていいですか」

「え？」

「壁に押しつけられてて、すごく、恥ずかしい」

「ああ」

恥ずかしそうに身を捩《よじ》る侑を見ているうちに、だんだん、我慢できなくなってくる。

帰ってきたばかりなのにと思ったけれど、止められなくて。

必死になって侑の顔の横に両手を突き、忍は彼から身を離した。

──危なかった……。

「お腹空いたな」

「よ、用意、できていますよ」

空気が変わったことに気づいたらしく、安堵したように侑が言った。

「それなら、飯にしよう」

「はい！　あ、でも、この格好で？」

「それはそうだよ、裸エプロンだし」

意味不明ともいえる忍の言葉だったが、侑は頭に血が上っているのかこくこくと頷く。そして、忍のあとをついてキッチンへ向かった。


——落ち着かない。

何しろ、裸エプロンということは、全裸にエプロンしか身につけていないのだ。

一応は客用のスリッパを借りているが、途轍《とてつ》もなく心細い。

「あの……見ていて、楽しいですか？」

「うん」

「う……」

この間抜けな格好を見られるのは、ひどく恥ずかしい。

しかし、今日は予想よりも忍が少し早く帰ってきたので、まだ味噌汁《みそしる》の仕上げやら何やらが終わっていない。

しばらくシンクに背を向けて忍と相対していた侑だったが、忍が夕刊に視線を落としてくれたので、安堵しつつ身を翻した。

さっさと葱《ねぎ》を切って、それから最後に味見をしよう。

そんなことを考えているうちに、ふと。

視線を感じた。

たぶん、見られている。

うなじのあたりとか、背中とか、腰とか……。

どうしよう……。

恥ずかしさから葱を切る手が止まり、侑はシンクに両手を突いて俯《うつむ》く。

一番恥ずかしいのは、自分の躰だ。

見られているのがわかっているから、そのせいなのか、反応しかけている……。

ここまで勃《た》ってしまっていると、もう、隠しようがない。

それでも極力平常心を装いつつ味噌汁にガスに火をつけようとしたそのとき、突然。

がばっと背後から抱きつかれた。

「し、忍さん!?」

いったいどういう悪戯《いたずら》なのか。

振り返ろうとする侑のうなじに、忍の熱い息がかかる。

忍の服越しに、二人の躰が密着している。

そう考えた途端に、頭がくらくらしてきた。

「侑、ごめん」

「何が？」

「ガス使ってる？」

ガス？

ガスがどう関係あるのか。

「まだ使ってないですけど、どうか……」

しましたか、と聞くより先に——忍が、侑の前に手を回してきた。

「ひゃっ⁉」

エプロンの上からそこを軽く撫でられて、声が弾んでしまう。

「ごめん、すごく……したくなってきた」

耳をそばだてて声を聞いていると、忍はずいぶん切迫しているらしい。

嘘。

「待って、でも」

「だめ？」

背後から聞こえる忍の声を頼りに、彼の感情を読もうとした。

ふざけているのか、本気なのか。
わからない。
戸惑っているうちに、不意に、自分の尻に押しつけられた熱いものが何か気がついた。
忍も、欲しがっているのだ。
侑のこんな格好を見て、欲情してくれている。
そう思った瞬間、体温がかっと急上昇したように思えた。
どうしよう……ものすごく、感じてきた……。
「だめじゃ……ないけど……」
「よかった」
ほっとしたように、忍の声から緊張が消えていくのがわかる。
忍も、自分を欲しいと思ってくれているのだ。
……忍、も？
じゃあ、侑も欲しかったということなのだろうか。
侑が彼の視線を意識しているあいだ、ずっと。
そう考えるとじわりと躰が潤んでくるようだった。
「君は嫌だったりする？」
囁いた忍が、侑の尻を弄《いじ》る。

「いえ……っ！」

指がぬぷっと入り込んできて、思わず高い声を上げてしまう。

「は…、あ……」

「だめ？」

だめなわけがない。

どうしよう、気持ちいい。

お尻を弄られて、こんなふうに気持ちよくなるのは普通なんだろうか？

「これ、なに……？」

「サラダ油」

「そ、なの…使うの……？」

「うん。これもシナリオの参考になるかもしれない」

そうか……えっちってすごい……。

想像以上のバリエーションがあるとは。

ゲームはプレイしたことがあったが、文章で読むとあまり昂奮しなくて、ただ分析ばかりしてしまっていた。

なのに、生身の人と触れ合うだけでこんなに昂奮してしまう。

何よりも、セックスにはいろいろな可能性があるのだ。

「はい……」

覚えておかなくちゃ。

ううん、それだけじゃない。もっと没頭しなくちゃいけないいんだ。

「ん、ゆび……これ……」

「そうだよ。俺の指、わかる？　もう覚えた？」

「はい」

「俺も、侑の中のこと覚えたい。どこが感じる？」

「え？　あ、あっ、なに、あっ」

何とかこの感覚を覚えておかないとシナリオにフィードバックできないけれど、気を抜くと、そんなささやかな野望さえも忘れてしまいそうなほどに——いい。

気持ちがいい。

「昨日より、いい声出せるようになったね」

「んあっ！　は、あ、あ、あっ」

よくわからない。

ただ、こうやって声を出していないと、躰の中に熱いものだけが溜《た》まって、窒息してしまいそうなのだ。

お尻の中にある、感じるところ……だと思う。そこを指で擦《こす》られると、ぞくぞくとした甘いものが、下腹から湧き起こってくるのだ。

そこを押されるだけでもう、思考が途切れてしまいそうになる。

何だかわからないけど気持ちよくて、勝手に腰が動いてしまう。

要は出したいということなのだろうか、これは。

「いいとか悪いとか、言って？」

忍も昂奮しているのか、彼の声が掠れている。

それがまた、侑の躰を熱く焦がすのだ。

「いい……」

震えながら侑は訴えた。

「どこが？」

「……お尻…」

つい赤裸々に口走ってしまうと、忍が驚いたようにぴくりと躰を固くする。

「は、ずかし、ことといって、ごめ…なさい……でも、きもちい……すごく……」

「嬉しいよ」

耳打ちした忍の声で、直《じか》に、躰の深いところを刺激されている気がした。気持ちよくて、たまらない。

「は…ぁ、声……だめ……」

「ん?」

「すごく、いい……よくて、だめ……」

自分が何を言っているのかさえ、よくわからない。

どうしよう。

裸エプロンでさえも大きなハードルだったのに、いざとなると、そんなものを飛び越えてしまっている。

シナリオのためになればという考え以上に、何か自分の中の一線を越えてしまったのだろう。

そうでなければ、こんなに気持ちがいい理由がわからない。

恋人でも友人でもない相手なのに、忍にされるとすごく、いい。

「あ、う…っ……」

忍は気持ちいいんだろうか。

それが心配だったけれど、そこを尋ねてこれが義務だと言われるのが怖い。

だから、何も聞けないけれど。

「く、う……んんっ……」

「侑、座ろうか。そのほうがきっと楽だから」

「は、はい……」

ダイニングでセックスしてしまうなんて、本当にいいんだろうか。

侑はあと数日で帰ってしまうけれど、忍はこのままここで暮らすのだ。

思い出して気まずくなったり、しないのかな。

そう考えつつ、侑は忍の上に腰を下ろして躰をくねらせる。

「あ、ん……ふかい……」

「自分の体重で、深く入ったんだ」

忍の解説が面白いのに、笑う余裕さえない。

「動かすよ」

「え？」

動くではなく、動かすという他動詞になったのはすぐにわかった。

侑の腰に手を添えた彼が、そこを基点に侑の肉体を上下に揺すったのだ。

「あ、あっ、うそ、なに……」

「嘘じゃない」

いつの間にかそれに合わせて、膝《ひざ》をかくかくと折り曲げる。

爪先《つまさき》しかついていないけれど、忍の腿《もも》に摑《つか》まって必死で躰を動かした。

いつの間にか、忍は侑の腰を摑むのをやめて、背中に手を添えてくれている。

「ん、……いい……いい……っ」

忍が自分の躰の中を、ぐちゅぐちゅと音を立てながら擦っている。

サラダ油のぬめりがいいのか、昨日よりもずっとスムーズに動いている気がした。

さっきから、とろとろと溢《あふ》れた先走りでエプロンの内側が濡《ぬ》れてしまっている。

見下ろすと白い薄地のエプロンに、体液で透けた跡が幾筋もできていて、それが妙にエロティックだ。

「忍さん、いい……」

「俺も」

昨日まで未経験だったことが、嘘みたいだ。

「あ、だめ、だめ、や、やッ……ああっ」

どくどくと熱いものが溢れ出し、仰《の》け反《ぞ》りそうになった侑の躰を忍がしっかりと支えてくれる。

「もっと感じてごらん」

自分の中の一線を、めちゃくちゃ越えてしまっている気がする。

「はい…」

そう思いながら、侑は甘い声を上げ続けた。

4日目

「おはよう、侑」

「おはようございます」

キッチンで朝食の支度をしていた侑は、振り返った途端にごく間近で忍の顔を見てしまって驚きに躰を固くする。

同時に忍が顔を近づけてきたので、反射的に目を閉じた。

キス、される……？

間違っていないかなと思って薄目を開けた刹那、彼の唇が額に触れた。

……額!?

唇にキスをされると思っていたので、あまりのフェイントに、侑は逆に驚いてしまう。

呆然《ぼうぜん》として目を開けた途端に、自分の顔の前が明るくなる。

忍が離れたのだと理解し、なぜか落胆している自分に気づいて心中で首を傾げた。

「ねえ」

小さく息を漏らすと、忍が侑の目を覗《のぞ》き込んできた。

「な、何……ですか……？」

「もう一度、させて」

囁いた忍の唇が、今度は侑の頬に触れる。

「ひゃっ」

自分でも情けなくなるくらいに、素《す》っ頓狂《とんきょう》な、世慣れない声が出てしまう。

人の唇が自分の皮膚に触れていると意識するだけで、心臓がずきずきしてくる。

どうしてセックスは平気なのに、キスはこんなに緊張するんだろう。

しかも、唇にキスされているわけではないのに。

口っていうのはそこまで神聖な場所なのだろうか。

ぐるぐる考え込んでいるうちに、忍が「どうしたの？」と聞いてくる。

「え、いや……あの……」

「ん？」

優しく微笑まれた侑は羞《は》じらった末に、「ご飯」と口にした。

「あ、そうだね」

忍の会社は神奈川県にあるうえにフレックス制で、時間はそこそこ余裕があるようだ。服装だって自由らしく、今日も爽やかな色味のシャツを着ている。もちろん、ネクタイなんてつけないようだ。

侑はワイシャツよりもTシャツのほうが好きなので、つい、楽な格好をしてしまう。そのあたりは似た者同士なのかもしれない。

「たまには、パンとかいいですか？」

「うん、それもいいね」

とはいえ、残されたのはあと三日。

折り返し地点に入ったので、パン食にするなら今度の週末くらいしかなかった。

これで終わりなのかと思うと、何だか焦ってしまう。

念願の初体験はしたものの、それでいいのだろうかと思うのだ。

「今日、何時くらいですか？」

「いつもどおり……あ、いや、打ち合わせがあるから少し遅れるかな」

「わかりました。夕飯のリクエストあったら、メールしてもらっていいですか？」

「うん」

今、ここで何を食べたいか聞いても答えられないだろう。

侑は忍の前に腰掛けて、自分の朝食を食べ始めた。

特に世間話をするわけでもなく、ラジオ番組のニュースが淡々と流れる。

ややあって、忍の出勤の時間になった。

忍を送り出したあとは掃除機をかけ、そのあいだに洗濯を済ませる。もともと忍の部屋は整理整頓できていたので、すぐに侑は暇になった。

「あーあ……」

退屈だ。

暇だというのは語弊があるが、時間はまだあり余っている。

侑は欠伸をしてから、会社に提出するレポートをしたためる。それも、すぐに終わってしまい、とりあえず何かしようとノートを取り出した。

取っかかりになる本文を少し肉づけしたプロットを見ているうちに、自分の新婚ものゲームがとても不出来なもののように思えてきた。

今、感じているようなときめきがこのゲームにはまったくない。

だめだ。

買い物にでも行きながら、もう一度、話の流れを考えてみよう。

設定の根幹に関わる部分でなければ、イラストが上がっている場面でも直しが利く。

マンションの一室から出ると、侑は大きく伸びをする。隣家から出てきた女性にじろじろと見つめられたので、なるべく怪しまれないようにと微笑んでみせたものの、もしかしたら、あのときの声が聞こえてしまっただろうか。

「うぐ……」

新婚なんだから勘弁してくださいという気持ちが芽生えそうになり、侑はよけいに自分が赤くなるのを感じた。

おかしいのは、わかっている。

忍に触れられると、恥ずかしいくらいに躰が反応してしまう。

どんな顔をすればいいのだろうと侑が悩んでいるうちに、彼女は不思議そうな様子ですぐにその場から立ち去った。彼女が侑のことをどう思っているか気になったものの、考えても意味がないので、その場では流しておく。

運よく童貞喪失できればいいや、くらいで始めたアルバイトだった。

事業自体も成り立つかわからないので、長続きしないだろうと高を括《くく》っていた。

なのにそこで、忍みたいな優しくて素敵な夫に出会えるなんて思ってもみなかった。

自分と新婚生活をしてくれるならどんな相手でも頑張れるつもりだったが、やはり、相手がどんな人物かでだいぶモチベーションが変わってくる。

忍はおよそ理想的な旦那様だった。

欠点らしい欠点も特にないから、困る。

これまでのプレイもよかったが、あわよくば自分の趣味を反映させて、望むとおりのプレイもできるのではないかなんて思ってしまう。

――これじゃ、躰目当てだと思われても仕方がないけれど、でも、それも望みなんだから仕方がない。

きっとそれを許してくれるくらいに、忍は優しい。

もしかしたら、優しすぎると言えるかもしれない。

正直、こちらが困ってしまうくらいだ。

侑がオタクであることに偏見を持つものはそう多くはないけれど、忍ほどあっさりと全肯定してくれる大人がいるとは思ってもみなかった。

親兄弟でさえ肯定してくれないものを、彼は何の偏見もなく許してくれる。

侑の作成しているゲームのことも、つまらない趣味の産物なんて決めつけられたりしなかったし、そこから商売になるならすごいと言われてほっとしていた。

忍のことを考えているうちに自《おの》ずと心が軽くなり、鼻歌が口をついて出てくる。

今まで気詰まりだった誰かとの共同生活にこんなふうに喜びを見出《みいだ》せるとは、自分でもびっくりしてしまう。

侑は引っ込み思案で内気で、サークル活動を始めても、陽気で社交的な中嶋が自分を引っ張ってくれなければ何もできないと思っていた。

このバイトだってやり通せるかわからなかったのに、今やどっぷりと新婚設定に嵌《は》まり込んでいる。忍が帰ってくるのが待ち遠しい。

こういう気持ちになるのが、新婚なのだろうか。

ああ、本当にそわそわしてしまっていても立ってもいられない。

泡がぷちぷち弾《はじ》けるように次から次に気持ちが押し寄せてきて、全然落ち着かないのだ。

新婚生活の美味しいところだけを掬《すく》い取っているみたいで、これはこれでいいのかもしれないけれど……。

こんなにいい環境なのに、どうして作業が進まないのだろう。

まったりとしていて、愛に溢れる新婚生活。

ラブラブで相手を慈しむようなエッチシーン。

それだけでは、情報が足りないのだろうか。

買い物をしながらそんなことを考えているせいで、なかなか集中して品物を選べない。

悶々《もんもん》としているうちに疲れてきて、侑は帰り道で見つけた公園で足を止める。ちょうど昼下がりのせいか、公園では子供たちとその母親たちが楽しげに話をしていた。

不審者と思われないだろうか。

侑はおどおどしたが、「こんにちは」とちびっこの一人に声をかけられて目を丸くする。

「こ、こんにちは……」

交流はそれだけだったが、すっかり子供たちに許された気分になった侑は、木製のベンチに座り込んで目を閉じる。

聞くともなしに、若いママたちの会話が耳に飛び込んできた。

「……それで、また喧嘩しちゃったの」

「長谷川《はせがわ》さんのところ、毎日喧嘩してない？」

「だって、結婚して三年目よ。いい加減相手の嫌なところも見えてくるもの」

「うちなんて新婚旅行の最中から喧嘩してたわよ。昔は成田で離婚するとかあったらしいじゃない」

そんな会話を聞いているうちに、侑ははっとした。

そうだ。

ノートに書き始めた段階で既にシナリオがぱっとしない理由が、わかった気がする。

山も谷もないからだ。

まったりとして優しい、蕩《とろ》けるみたいな新婚生活は確かにいい。草食系男子が多い昨今《さっこん》、そこそこ受けるとも思う。

でも、それだけじゃ何のストーリーもなくなってしまう。

新婚とはいえ、多少の波乱は必要だ。

たとえば、新婚でも相手と喧嘩をしたり、何らかの確執が生まれるのもいいはずだ。

忍と――喧嘩をしてみる……。

そう仮定した瞬間、胸がぎゅっと痛くなった。

夫婦喧嘩は絶対に必要なミッションだ。忍を相手に試してみるほかないのではないか。

それに、ほかに波風を立てる方法を思い浮かばない。

かといって、クライアントと喧嘩をしてしまってもいいのだろうか。いくら何でも、それは自分の目先の利益しか追求していない行為だ。

あまりにも不実すぎる。

またしても頭を抱えた侑の耳に、着信音が届いた。

スマホにメールが届いたらしい。

確認してみると忍からで、侑はそれを取り落としそうになった。

そういえば、昨日メールアドレスを交換していたのをすっかり忘れていた。

『今、平気かな。何してた？』

『掃除が終わったところです』

すぐさま返事があった。

この速度では、ＳＮＳを教えたほうがよかったのではと思ったほどだ。

『聞こうと思っていたんだけど、そろそろ折り返しだよね。何かしてみたいことある？』

してみたいこと……？

それは、喧嘩だ。

しかし、ストレートにそう言うのは躊躇《ため》われて代わりの質問を送った。

『どういう意味ですか？』

『そのまんま。何か、シナリオの参考になることをしたいんだ』

侑はかあっと頬を火照らせる。

どうして忍は、侑の思いがわかってしまうんだろう……。

彼は侑の心を読む天才ではないのだろうか。

喧嘩をしたいけれど、そのまま言ったところで上手くいくはずがない。

だったら、忍が幻滅するような言動で怒らせてみればいいのではないか。

——完璧だ。

心が痛いけれど、これで新婚の旦那様との喧嘩というイベントを発生させられるはずだ。

そのためには、清楚な新妻と正反対のことをすればいいのだ。

『青姦《あおかん》です』

これなら、絶対にいける‼

これまでに、妄想ならいっぱいした。

可愛い子が、主人公にいろいろな意味で可愛がられるところを。

たとえばそれはソフトSMだったり、無理やりだったり、ラブラブだったり……枚挙に暇《いとま》がない。

とはいえソフトであってもSMは怖いし、ハードルが高そうだ。

その点、青姦というのは言葉のインパクトも抜群だし、忍をげんなりさせるだろう。

これで忍と喧嘩……なんてしたいのか？

ううん、しなくちゃいけない。――でも……。

侑は自問自答しているうちに、つい、送信ボタンを押してしまう。

もう取り消せないのに、メールが送信されて画面が切り替わった瞬間、侑は小さく声を上げていた。

「あっ……」

どうしよう。

やっぱりやめればよかった。

忍と喧嘩なんて、絶対にしたくない……。

そう思うと、目の前が暗くなってくるようだ。じわりと涙が滲《にじ》み、視界が歪《ゆが》む。

すぐに返信があった。

今度こそ、自分の品性を疑われるはずだ。喧嘩どころか、嫌われてしまうに違いない。

侑はすうっと息を吸い込んでから、スマホの画面を見やる。

サブジェクトは『了解』だった。

……は？

『だったらたまには外食しない？　駅前に美味しいレストランがあるんだ。毎日、家事だと大変だと思うし、打ち合わせも早く終わりそう』

え。

ここは侑の発想が下劣すぎると、忍が呆《あき》れるべきところではないのか。

それさえも受け容れられるなんて、信じられない。

それとも、青姦の意味を理解していないとか。

しかし、それ以上追及する勇気はさすがにない。

『わかりました』

忍の心が広すぎるくらいに広いのは、よくわかった。

そこで侑は自分が買い物帰りなことを思い出し、すっくと立ち上がる。

考えることはたくさんあるが、とにかく今は、保冷バッグに入っている豚バラ肉を冷蔵庫に入れたかった。


「すごいな」

小さく呟いた忍は、もう一度スマホの画面をまじまじと見つめる。これがアメリカ映画なら、口笛の一つでも吹いていただろう。

青姦。

侑は、意味を知っていてこんなすごいリクエストをしてきたのだろうか？

忍はまさに頭を抱えたくもなった。

あんなに可愛い顔で末恐ろしい……本当に童貞なのか⁉

あるいは童貞を卒業した（ある意味ではしてないが）瞬間に弾けてしまったとか。

メールだからこんなにあっさり告白できたかもしれないが、何ていうか、凄《すさ》まじいリクエストだ。

それとも、忍の考え方のほうが古いのかもしれない。

侑は自分の芸の肥やしとして、花婿《はなむこ》にさえなろうとしてしまうような、ある意味猪突猛進《ちょとつもうしん》でタフな青年なのだ。

むしろ、性に目覚めたばかりで好奇心に駆られてあれこれ探求したいというのだろうか。

それもあり得る。

忍としては、侑は好みのタイプだったので問題はない。同性同士だというタブー観やら何やらは、あっさりと乗り越えた。

そうなると、この期限つきの新婚生活を楽しむしかないというポジティブな発想が生まれてくる。

あ、もしかしたら。

侑は侑なりに忍に心を開き、普段は誰にも言えない願望をぶつけているということはないだろうか。

それならば納得がいく。

ういういしい新妻が自分に心を許しているというのは素晴らしいことに思えて、忍は機嫌よく仕事を片づけていく。

鼻歌を口ずさみつつ、忍はパソコンの画面に向かった。

「衡山《ひらやま》くん、頑張るわね」

竜田《たつた》の指摘に、忍は素直に首を縦に振る。

「待ち合わせまでちょっとあるんで」

「デート？」

「いえ、まあ……そんな感じで」

さすがにありのままのことは言えないので、忍は言葉を濁した。

それは普通は言えないだろう。

まさか、自分が妻を雇っているとは。

しかもその妻が可愛くてならないなんて。

同性でなければ、真剣に結婚を申し込みたいくらいに可愛い。

そんな自分の冗談でさえも、冗談にならない気がしてしまう。

「やっぱりデートなんじゃない」

からかうような物言いを耳にして、忍は歯切れ悪く「はあ」と言うほかなかった。

仕事を終わらせてからの待ち合わせは、地元駅の改札口になった。

電車を降りて急いでそちらに向かうと、既に侑が人待ち顔で立っている。

可愛いとは思うが、かといって目立ちはしない、あくまでどこにでもいる眼鏡男子だ。しかもかなり地味で、完全に人混《ひとご》みに埋没している。

なのにベッドの中ではあんなふうにエロいのだから、しみじみと反則だった。

これがエロ可愛いという単語の意味なのかもしれない。

彼の躰を慮《おもんばか》って後ろからばかり抱いているのが、本当に口惜しい。

もっとその顔をよく見てみたいのに。

「侑」

忍が声をかけると、彼ははっとしたように目線を上げる。それから、はにかんだように口《くち》許《もと》を綻《ほころ》ばせた。

「早いんですね、忍さん」

待ち合わせ時間より早く来たことを指しているのだと気づき、忍は肩を竦《すく》めた。

「こっちの台詞」

「僕は……たまたま本屋に寄って、それで」

「別に悪いなんて言ってないよ。時間に正確なのはいいことだし」

「そうだけど」

忍を褒めたことでまるで自分を誇ってしまったようで、躊躇われるのだろうか。

相変わらず控えめな性格だ。こういうところ、現代の日本では自己アピールが足りないとか積極性に欠けるとマイナス評価になってしまうのかもしれない。忍だって相手が侑でなければそう感じたかもしれないが、彼はその中でも自分なりの考えがあって実行している。物静かなだけであって、何も考えていないわけではないというのは、大きな発見だった。

「食事は何ですか？」

「アルザス料理。洋食も平気そうだから、いいかと思って」

「アルザスって、フランスの……？」

「うん。『最後の授業』って教科書に載ってなかった？」

「あ……載っていたかも」

「アルザスはドイツとフランスの国境でしばしば国が変わったから、料理もかなり混じっているんだ。有名なのはシュークルートっていうザワークラフト」

忍はさらさらと説明し、駅近くにある店の看板を指さした。

「僕、フランス料理なんて外であんまり食べなくて」

「フレンチっていうほどがっつりした料理ばかりじゃないし、さっき言ったみたいにドイツ料理っぽくてシンプルなものもある。どちらかっていうとソーセージばっかりで飲み屋の食事みたいなものだし」

「そうなんですね」

安心したように言いながら、侑がそろそろとドアをくぐる。

「予約していたヒラヤマです」

「いらっしゃいませ」

従業員がにっこりと笑って二人を迎え入れ、窓際の席に案内した。

メニューをめくった侑は、難しい顔で考え込んでいる。

「どうかした？」

「いえ……その、どれも美味しそうで迷っちゃって」

「ああ」

よかった、口に合わないかもという考えは杞憂《きゆう》にすぎなかったようだと、忍はそっと微笑む。

頼んだサラダとシュークルート、それから本日の煮込み料理を頼んだところで、「このくらいにしたほうが」と止められる。

ここは一皿の量が多いし、あまりたくさんは頼めない。

それでも男二人なので、男女のカップルで来るよりは一皿くらい多く食べられる。

ワインで乾杯していると、サラダとシュークルートが運ばれてくる。

「いただきます」

早速侑が熱いシュークルートにかぶりつく。

「はふ……」

美味しそうに太いソーセージを頬張るその顔を見ていると、忍はほのぼのとした気持ちになってしまう。

「どうかな」

「美味しいです」

やわらかな時間を二人で紡いでいく、幸福。

浩二《こうじ》が手にするであろう結婚生活というのはこういうものなのかと、忍は未知の日々の片鱗《へんりん》を味わっていた。


楽しい夕食を終えると、満腹感でお腹が重いくらいだ。

マンションへの帰路を辿《たど》りながら、忍は言葉少なだった。

いや、少ないどころか会話はゼロだ。

「ちょっと肌寒いね」くらいしか言わずに、そのまま歩いていく。

最初はよくわからなかったが、忍の暗い面持ちを見ているうちに思い当たった。

どう考えても、青姦のせいだろう。

あんな心にもないこと、言わなければよかった。

それは、少しは興味があったけれど……気まずくなるくらいならば、言わないほうがよかったのだ。

喧嘩をしてみたかっただけだ。

ちょっと仲違《なかたが》いすればそれで納得できたのに、そんな浅はかな発想も今となっては後悔のもとだ。

忍と一緒にいるのは楽しいからこそ、シナリオのためにこの関係を少しでも気まずくするのは嫌だ。不本意だ。

最後まで楽しく彼と過ごせればそれがベストなのに、侑は間違った選択をしてしまった。

何もかも、侑が悪いのだ。

おかげで食事のときまでは楽しかったのに、今となっては沈黙が憂鬱で息苦しい。

忍のマンションまでの帰途、侑はどうしようかとどきどきしながら彼の傍らを歩いた。

どこか空気がなまあたたかく、もしかしたら雨が降るのかもしれないとも思う。

忍はどうするつもりなんだろう。

ちらりと横を窺《うかが》うと、忍は無言のまま傍らを歩いている。

二人でハーフボトルのワインを赤と白、それぞれ空けてしまったし——といっても、大半は忍が飲んだのだが——忍は酔っ払って早く家に帰りたいのかもしれない。

もしかしたら、もう、青姦のことは忘れているかもしれないし。

そうであってほしかった。

「こっち」

唐突に忍に強く腕を引かれて、侑は眉根《まゆね》を寄せる。

「忍さん？」

急に左折されて戸惑っているうちに、何も言わない忍に昼間に訪れたあの公園に連れ込まれる。

――もしかして、青姦……するとか……？

途端に、掴まれた部分にまで血が集まるような、そんな昂奮を覚えた。

どうしよう。

「あ、の……」

上手く言葉にならない。

口の中がからからだ。

「おいで」

茂みの中に誘い込まれると、心臓が破裂しそうなくらいに高鳴ってきた。

植物の濃密な青臭さを感じて、侑は自分が非日常に取り込まれたのだと錯覚してしまう。

自分で言ったことでも、平常心でなんていられない。

「あまり、声を出さないで」

耳打ちするように、彼が囁く。

だって。

だって、どうしよう……。

もちろん自分ではそのつもりだったのに、いざとなるとものすごく緊張する。

「あっ」

小さいけれど、甲高い声が出てしまう。

コットンパンツをずるりと落とされて、頬が熱くなってくる。

茂みの中にいるので月光はあまり届かないが、それでも、相手の表情がわかる程度の明るさは保たれている。

「ッ」

忍の大きな手が剝《む》き出しの尻にかかる。そこをぐっと左右に力を込められると、蕾《つぼみ》が横に広がってしまう。

侑は焦りに唇をわななかせた。

忍には、侑のかたちばかりの抵抗なんて通用しないのだ。

「侑」

背後から押しつけられた忍の性器が、布越しでもとても熱いのがわかる。

こういうのは、二回目だ。

「あ、ン……」

「侑」

熱っぽい囁きが鼓膜を擽《くすぐ》る。どうしよう、恥ずかしい。でも身動き一つできない。

「嫌か？　嫌なら、やめる」

「だって、僕が」

したいって言ったのだから、拒む権利はないはずだ。

「やりたいって言ったのは君だけど、どういうものか知らないかもしれない」

「……忍さんは知ってるの……？」

知っていて、侑の気持ちを真剣なものとして受け止めてくれるのだろうか。

「初めてだけどね」

忍は熱っぽく囁いて、そこに性器を押し当ててきた。

「ひ…ッ」

躰がもう期待しているのが、わかる。

たった二日間で、侑の肉体は快感を覚えてしまった。

本当はそのために青姦と言ったわけじゃないのに、なのに、欲しくて。

「だめだよ」

「え？」

「声、出したら……聞いた人が驚く」

そうだ。

声なんて出したら、誰かに聞きつけられてしまう。

小さな公園で、すぐ脇の道は人通りがある。

侑は手近にあった桜の木に手をかけ、そのごつごつとした樹皮に爪《つめ》を立てる。

「ん、っく……」

入ってくる……。

そうでなくとも、ここは健全そのものの空間なのだ。

「は……ど、しよ……」

混乱に、侑はそう呟くほかない。

「ん？」

侑の言葉を聞き咎《とが》めて、忍が動きを止めた。

「忍、さんが……はいってくるの、すごく……きもちい……」

「侑。そんなこと言うの、反則だ」

昼間、ママたちが子供と一緒に遊んでいた公園を穢《けが》してしまうようで少し怖いけれど、だけど……。

「あ！　あ、もっと、入る……すごい、あ、あっ、しのぶさん……」

気持ちいいだけじゃ、ない。

何だかわからないけれど、もっとこの人とこうしていたくて、侑は甘い声を上げる。

躰の中に忍がいると、どうしてなのか、せつないくらいに甘いものが満ちていく。

「侑……」

忍が呼ぶ声にも感じてしまい、侑は熱い吐息で彼に答えた。

5日目

薄い闇《やみ》の中で目を覚ました忍は、隣にある息遣いにほっと安堵の息を漏らす。

侑はまだ眠っている。

「おはよ」

小さく囁いて、侑のさらりとした髪にキスをする。

五日目にして朝寝坊というのは、緊張の糸が切れたせいか、疲れているせいか……どちらだろう。

指先で彼のほっぺたを押さえてみると、侑は微《かす》かに眉根を寄せる。それでも起きないあたり、相当眠いらしい。

疲労させているのは、明らかに忍のせいだという自覚があった。

昨晩は公園であんなことをしてしまったわけだし……。

根が淫靡《いんび》さとは無縁な忍だけに、昨日のあれはかなりのカルチャーショックだった。

何よりも、それなりに酔っていたとはいえ、ノリノリでやってしまった自分が信じられない。

しかも、それが嫌じゃないというか。

裸エプロンの件といい、自分の新たな扉を開かれてしまったことは、とても興味深かった。

いや、こんなに連日セックスばかりして、自分はどうなってしまったのか。

これまでの淡泊な性生活が信じられない。

それにしても、侑のそのいやらしさが演技なのか本心なのか、わからない。

ゲームのためとはいえ、あそこまで乱れられるものなのだろうか。

しみじみと、不思議な子だ。

おっとりとしていて穏やかなくせに、創作のためなら躰まで張ってしまうほどの懸命さを見せる。

『今時の若者』という無難なカテゴリーで、部下を含めた年下の世代をどこか冷ややかに見ていただけに、忍にとっては侑のその一生懸命な生き方は新鮮でカルチャーショックでもある。

世代で括るなんて、よくないことだ。

考えてみれば、昔はそう思っていたはずなのに、社会に出るようになってからそんな単純なことも忘れていた。

どんな年代にだって必死でやっている人はいるし、それは年齢じゃなくて個性の問題だ。

微かに苦笑した忍はベッドから抜け出し、そして、侑の穏やかな寝顔をじっと眺める。

何だか、やけに安心する。

彼といると読書する暇もないが、共に過ごす時間に安らかなものを感じてしまう。

あと残り、二日。

もう少し長く設定すればよかったと思うけれど、侑にだって都合はあるだろう。

それに、情が移ったというのは我ながらまずい。

――会社、行きたくないなあ……。

心の中でそう呟き、忍は侑を起こさないように気をつけながらベッドから出た。

無論、仕事は楽しいが、ここ数日、忍は自分の手がけるネットショップの案件に疑問を抱いていた。

どうしてなのか、今、こうして侑を見つめているうちにわかってしまった気がする。

彼のひたむきさに、心を動かされるのだ。

以前だったら引っかかったとしても納期があるので提出してしまうが、侑を観察しているうちに、突然、自分の仕事が途轍もなくつまらないものに思えてきたのだ。

仕事を無難にこなすのも、一つの才能だ。

それはわかっているのだが、侑のようにもっと心血を注いで物事に取り組んでみても、罰《ばち》は当たらないのではないか。

ただ漫然と仕事をするのではなく、情熱を持つことを忘れていた気がした。

――うーん……。

忍が帰ってきたら、どうしよう……。

今日は寝坊をしてしまって朝食を作れなかったので、夕食は腕によりをかけるつもりだ。

新婚家庭で新妻が寝坊をするのはありだろうが、究極的には忍はクライアントなのだ。

やはり、彼の望みを叶《かな》えないのは気が引ける。

だからこそ、出迎えくらいはちゃんとやりたいが、裸エプロンはさすがに二番煎《せん》じで面白みがない。

うんうんと頭を抱えて考えながら、侑はふっとスマホを見ていないことに気づいた。

それどころではなかったのだ。

案の定、ＳＮＳには中嶋からの未読メッセージがどっさりと溜まっている。

忍とのやり取りはメール中心だったし、既読なのに返信しないと中嶋を心配させそうで、アプリ自体を立ち上げずにいたのだ。

――どうしたんだよ、侑。

――ごめん、ちょっとシナリオに詰まってて。

返事を送ると、すぐにぴろんという音がして次のメッセージが届く。

やはり、中嶋は仕事中もスマホに張りついていたらしい。

――心配した。今日連絡なかったら、自宅に電話するつもりだったんだ。

げっと侑は息を飲む。

このバイトに反対するであろう家族には、中嶋の家にいると言ってあったので、それだけはやめてほしい。

――ごめんね。

――いいけどさ。シナリオどう？

――進んでない。

――大丈夫なのか？　パッケージとか考えると、もうあまり時間ない。体験版でもプレスは業者に出したいし。

――わかった、頑張るよ。

何となく糸口は摑めそうな気はしているのだが、はっきりとしたことは言えない。

侑が曖昧《あいまい》に言葉を濁すと、中嶋はそれ以上追及してはいけないと思ったらしく、『連絡はちゃんとしろよ』と締めてくれた。

忍と喧嘩をするという目標は達成できなかったが、それがどれほど苦しいことかは想像がついた。

怒らせたのではないかと思うだけで気が滅入り、悲しくて言葉が出てこなくなった。

好きな人に嫌われるのは、こんなにつらいことなんだ。

たとえ想像のうえであっても、もう二度と体験したくない。

新婚の気分は、だいぶ理解できてきたと思う。

一日中相手のことを考えている。そわそわして、帰ってきたときに彼がどんな反応をするだろうとか、そういうことに思考を巡らせていて。

大事な人のことで、頭がいっぱいになっている。

それがやがて日常になるまでのあいだが、『新婚』という区切りなのだ。

「遅いなあ」

ランチを食べた直後でそう言ってしまい、侑は自分の独り言に気づいて真っ赤になった。

――う。

どう考えても、嵌《は》まりすぎだ。

これはそういう設定であって、シチュエーションに沿った日常生活を演じているだけなのに、いくら何でも入り込みすぎじゃないか。

練習でしかないんだから、あまりのめり込んでは現実に立ち返れなくなる。

あと二日で、この演技も終わりな……わけだし。

そう考えた瞬間、胸の奥がぎゅっと痛くなった。

とにかく、ちょっと早いけど、そろそろ夕飯の支度を始めよう。

別れの時間が近づいていることを考えていては、気持ちが暗くなって忍を快く迎えられなくなる。

ひいては、日常に戻れなくなってしまう。


午後七時過ぎ、忍が帰ってきた。

彼は出迎えた侑に「ただいま」と何ごともなかったように笑いかけ、鼻歌を歌いながら自室へ向かう。

着替えて戻ってきた忍が冷蔵庫からビールを出し、グラスにそれを注いだ。

「飲む?」

「今日はいいです」

「うん」

侑が断っても、特に気にしている素振りもない。

忍のそばにいて居心地がいいと思うのは、彼が何かを過剰に求めてこない点だと思う。

つまみになりそうなラタトゥイユの小鉢を出すと、忍は「美味しそうだ」と微笑みかけてくれる。

「明日、会社休むから」

「えっ？」

ビールをぐいと飲んだ直後の忍の発言に、侑は目を丸くする。

「どこか悪いんですか？」

そんなときにビールなんて飲んでしまっていいのだろうか。

「いや、そうじゃなくて……ほら、もう五日目だから」

どきっとしたが、侑は知らないふりをして聞き返す。

「五日目なのと会社にどんな関係が？」

それに、契約の終了と忍の欠勤のあいだの関連性が把握できなかった。

「君とは七日目の朝までって契約だよね。それだと、自由になるのは明日くらいだし」

「はい」

「だから、最後は新婚らしいことをしよう」

だし巻き卵の載った皿をテーブルに置いた侑は、驚きにどうリアクションすればいいのかわからなくなる。

「侑？」

侑が俯いてしまうと、忍は困惑したような顔になった。

「十分、新婚らしいこと……してる気がします」

「してるのは、えっと……その、エロいことだけだろ。まだやれることはある」

忍の言葉に、侑はますます困惑してしまう。

「君は何かしたいこと、ないかな」

「新婚として、ですか？」

「うん」

一瞬、新婚旅行というありふれた単語が脳裏を過《よぎ》ったが、それはいくら何でもあり得ない選択肢だ。

「――ないです。忍さんの好きにしてください」

喧嘩以外だったら、何だっていい。

忍と争うのが嫌だ。

というよりも、彼と険悪になるのが苦しいのだ。

「うーん、それは悩ましいな」

冗談めかして忍が呟き､それから、あまり気乗りしない様子の侑に気づいて「どうかした？」と尋ねてきた。

「この場合、クライアントは忍さんですよね。だから、こんなによくしてもらうのは申し訳ないです」

「ああ」

忍は頷き、それからだし巻き卵をつつく。

「うん、旨《うま》い」

「ありがとうございます」

「俺も君の手料理を堪能《たんのう》しているし、細かいことは気にしなくていいよ」

侑の言葉を合いの手に、忍はさらりと続けた。

「でも」

「君だって、ただお金が欲しいわけじゃなくて理由があってのバイトだろ？」

「ええ、まあ」

侑は歯切れが悪く答える。

「だったら、お互いにいいとこ取りをしてもいいんじゃないか？」

「そんなに都合いいものですか？」

「いいんだよ。どうせ一週間だし、美味しいところだけを摘《つま》む新婚生活もあると思うな」

一週間……。

さっきから終幕を匂わされると、ずきりと胸が痛くなる。

わかっていたことだけど、この関係は期間限定だ。

その終わりのときが近づいているのだ。

それを忍に言われると喉《のど》がからからになって、苦しくなって、どうしようもなくなる。

夕食後にリビングに移動した忍は、何気なく時計を見やる。

午後十時過ぎ。

明日が休みだと思うと、まだ少し余裕がある。

「んー……しっかし会社休むとなると暇だな」

「すみません……」

小さくなる侑に、忍は声を立てて笑った。

「いいよ。いつもは休日ってだいたい掃除と洗濯で一日終わるから、君がいてくれて助かってる。一日、フルに使えるよ」

「………」

侑の沈黙が意味深なものに思えて、忍は慌ててフォローしようと試みる。

「あ、いや……もちろん家事のためじゃなくて」

「え？」

しまった。

自分は何をよけいなことを口走っているんだ。

侑は自分にとってただの仕事相手であって、恋人でも何でもない。

家政婦的なことをするのは仕事の範囲内であり、それをわきまえなくてはならないのだ。

なのに、つい、気安い台詞を口走ってしまった。

「……ええと、せっかくだから映画でも見ようか」

「映画？　これからですか？」

「うーん、出かけるには遅いしオンデマンドは？」

もともと忍は、映画やテレビドラマを見る趣味はない。

テレビはほとんどニュース専用になっていたし、それさえも、ネットでチェックすればいいので、疲れているときはテレビを一日点《つ》けない日もあった。

必然的に、お笑い芸人などもよくわからない。

ほとんど活用していなかったが、このマンションではケーブルネットに強制加入させられるので、その一環としてオンデマンド形式で映画を見られるように接続はしてある。

忍がネットに繋《つな》いで視聴可能なタイトルを調べていると、侑が「あ」と小さく声を上げた。

「ん？」

「いえ、何でも……」

「もしかして、見たいのあった？」

「……あるけど、その……」

「ホラーとか？」

血飛沫《ちしぶき》が出てくるようなえぐいホラーだったら遠慮したい。

そう思う忍の心を見透かしたように、侑は首を横に振った。

「あ、の……アニメで……」

アニメ、という言葉だけ小さくて、一瞬聞き取れなかった。

「え？」

聞き直してから、初めて、アニメという単語を自覚する。

そういえば、侑はオタク寄り……というかオタク趣味を持っていたのだ。

「じゃあ、これにしようか」

「でも」

「いいよ、見放題プランだし。いまいちだって思ったら別のに変えていいか聞くから」

それはそれで失礼だと思ったのだが、意外にも、侑はほっとしたような顔で頷いた。

だめなときはだめだと言うほうが、気楽なのだろう。

それから、二人並んでソファに座って侑が選んだアニメを見た。

といっても、九十分ほどの作品だったので疲れる前に終わってしまう。

せっかくなので、気分を盛り上げるためにポテトチップと炭酸飲料を買ってきたが、侑はほとんどそれに手を着けず、食い入るように画面を眺めていた。

彼の眼鏡にテレビの画面が映るのを、忍はときどきちらちらと見つめた。

それが何だか、とても珍しくも綺麗《きれい》なもののようで。

誰かが一生懸命になっている姿というのは、とても目を惹《ひ》かれる。

「……どうでしたか？」

アニメが終わったあと、侑がおそるおそる尋ねたので、忍は「まあまあかな」と答える。

「そうですか……」

反応が鈍かったと思われるかもしれないが、忍が引き込まれたのは真剣そのものの侑の表情だったので、あまりよく覚えていないのだ。

目を煌《きら》めかせて画面を見つめる侑の表情は、輝いていた。

「でも、絵はすごいね。戦うときの動きとか」

「そうなんです！　ぬるぬる動くっていうか、あの作画枚数がすごくて」

途端に饒舌《じょうぜつ》になった侑は、そこで「あ」と恥ずかしそうに俯いた。

「すみません、僕……熱くなって」

「いいよ、そういうのも可愛いから」

「か」

可愛いという言葉に、文字どおり湯気が出そうなほどに緊張しきった様子で侑は目を伏せる。

「どうする？」

「何がですか？」

何もわかっていない様子で、侑が小首を傾げる。

眼鏡の奥から見える目が、真《ま》っ直《す》ぐに自分を見つめているようで……照れる。

今、とても邪《よこしま》なことを考えているのがばれてしまいそうだ。

「今日はどうする？」

「もう、映画はいいかなって」

「そうじゃなくて」

侑の言葉を否定し、忍は彼を背後から軽く抱いた。

「エッチだよ」

「えっ⁉」

途端に声を上擦らせる侑が可愛らしい。

「新婚だし、それこそ毎晩するくらいいじゃないか？」

「う……」

青姦とかいろいろと要求してきたくせに、こういうときの侑はすごく純真で可愛らしい。

ほっぺたを真っ赤にして目を潤ませているところなど、どこか少女めいてさえ見えた。

「好みのシチュエーションとかない？　言ってみて」

耳たぶを齧《かじ》りながら聞くと、侑は微かに躰を震わせる。

「ね」

「ごめんなさい……思いつかない」

声さえも戦慄《わなな》かせて、その様子がとても色っぽい。

可愛いだけでなく、ういういしい色気を醸し出しているのだ。

「じゃあ、俺がリクエストしようか」

不意に思いつき、悪戯心で言ってみると、侑は「リクエスト？」と目を見開く。

「うん」

「お願い、します」

「それじゃ、淫語《いんご》プレイは？」

「いんご……」

侑が目を丸くし、その単語を繰り返す。

「いんごって、淫《みだ》らに言語の語って書く……？」

よかった、意味が通じている。

「そう。恥ずかしい言葉で俺を煽《あお》ってくれる？」

「だって、そんなの……」

あからさまに、侑の反応がおかしい。

「そういう萌えってあるんじゃないのか？」

「いや、あるけど……調べたんですか?」

恥ずかしながら、スマホで検索して知ったのだ。

さすがに会社のネットワークでは、恥ずかしくて調べられなかったからだ。

「そうだよ。ゲームで、そういう単語たくさん出てくるだろ? それとも、俺には言えない?」

しばらくじっとしていた侑は視線をうろうろと床に彷徨《さまよ》わせたあとで、忍を上目遣いに見上げる。

ぞくっとする。

強い庇護《ひご》欲《よく》を感じてしまって。

それから、これは——欲望だ。

まだ侑が何も言っていないのに、自分は勝手に煽られている。

彼を抱きたくなっている。

「忍さん、僕を……抱いてください」

「それじゃ淫語じゃないよ」

「でも、僕、自分的にはものすごく恥ずかしいこと……言ってます」

訥々《とつとつ》とした口調が、もう、可愛くて、愛《いと》おしくてたまらない。

「侑」

こんなふうに毎日いったい何をやっているんだと自分でも思ったけど、忍は我慢できなくなって侑をソファに押し倒す。

そして、彼の衣服を乱暴に剝《は》いだ。

「侑、させて」

「でも」

「嫌か？」

「……やじゃないです」

こんなところで盛ってしまって正気になったときの後始末が怖かったが、今は、この新妻を可愛がるのが先決だ。

「じゃあ、言って。どうしてほしいか」

「忍さんで……可愛がって？」

微かに小首を傾げるその表情。

作為があるかないかなんて、もうどうでもいい。

今の自分は、彼が欲しいのだ。

「侑……！」

呻くように呟いた忍は、侑のそこに自分の昂《たか》ぶりを押しつける。

「アッ」

途端に彼の声が甘く上擦った。

「だめ？」

「い、挿《い》れるの……まだ早い、です」

「でも、俺は君に挿れたい」

つんと性器の尖端《せんたん》で蕾を突《つつ》くと、侑は怯《おび》えたようにいやいやと首を振った。

「まだ、だめ……きっと入らない……」

震えながらも、侑は少しずつ脚を広げている。

自分では意識していない様子なのが、たまらない。

無垢《むく》だった処女を、自分の色に染め上げているという——背徳的な快感。

セックスを知らなかった侑を、こんなふうにいやらしくしてしまったのは、ほかでもない、忍なのだ。

「じゃあ、どうしてほしい？」

「忍さんが、入るようになるまで……解《ほぐ》して、ほしいです」

「自分ではできないの？」

「怖い……」

たどたどしい言葉遣いにいじらしさを感じ、心臓がずきりと痛くなる。

「じゃあ、俺に要求してみて」

「……お尻を……広げて、ください……」

「誰の？」

「ゆ、侑の……」

侑がたどたどしく言うのに、我ながら信じられないほどに昂奮してしまう。

今すぐ挿れたい。

だけど、それでは淫語プレイは成り立たないので、もうしばらくの我慢だった。

「侑の、お尻の…穴……広げて、ください……」

「どうして？」

「し、忍さんに、挿れてほしい…忍さんの、…欲しいから……」

「いいよ」

たまらない。

完全に昂奮しきっている自分を誤魔化すように、忍はわざと神妙な顔で答える。

躰をずらした忍は侑の下肢の付け根に顔を寄せ、立ち上がり始めた可愛らしい性器をねろりと舐《ねぶ》った。

「っ」

「フェラチオは、嫌？」

あえてその単語を口にすると、侑の太腿《ふともも》のあたりが緊張にぴくっと張り詰める。

「や、やじゃない……でも……」

このあいだまでは絶対にできなかった行為なのに、不思議だ。

今は、何の躊躇いもない。

「じゃあ、いいよね？」

軽く舌先で擽ってやると、侑が「ひゃっ」と可愛い声を上げて躰を仰《の》け反《ぞ》らせた。

「忍さん、だめ……」

「なに、が」

「僕の、きたない……しゃぶっちゃだめ……」

恥ずかしくてたまらないらしく、侑がしゃくり上げている。

「ん、や、や……ああ、らめぇ……」

泣かせてしまったという罪悪感もあったが、それ以上に、脳が沸騰しそうなほどの高揚感。

「汚くないよ」

囁いた忍は、侑のそれをソフトクリームでも味わうようにして丹念に舐る。

わざと舌の表面をべっとりとくっつけて、力を込めて舐め上げていく。

執拗《しつよう》に可愛がってやるつもりだったのに、侑は喘《あえ》ぎながら躰を捩っている。

忍の肩を摑む手にぴくぴくと力が籠もり、いつしか喘ぎはひどく切迫したものに変わっていた。

「だめ、出る……でちゃう…っ」

ほとんど発音がひらがなに近い。

「達《い》くって言ってみて」

からかうように告げて、ふっとそこに息を吹きかける。

「ん、い、達く、いく……いくぅ…ッ…」

胃の奥が熱く痺《しび》れる。

侑の中に早く挿れたくてたまらなくなり、忍は溢れ出した彼の精液を舐め取った。

「あ……ご、ごめんなさい……」

しばし放心していた侑が躰を起こそうとしたが、忍はそれを許さなかった。

もっと、いやらしいところを見てみたい。

侑がはしたないことを口走って、忍を心の底から求めるところを目に焼きつけたかった。

「いいから、もっといやらしく誘って」

まるでAVか何かみたいだ。

はしたない台詞を強要しながら、リビングでセックスに耽《ふけ》るというのは何とも倒錯的だ。

「お、お尻に……僕のお尻に……忍さんの、突っ込んで……」

「俺の、何？」

途端に、侑が黙り込んでしまう。

それを見ているうちに、嗜虐心《しぎゃくしん》を煽られてしまって。

「言って、侑。俺の何が欲しいの？」

「う……き、嫌いに、ならない……ですか……？」

「当たり前だ。俺の可愛いお嫁さんなんだから」

「…………」

頬を火照らせながら、侑がその単語を口にする。

——うわ。

ありふれた言葉だ。

子供の頃から友人同士で軽口を叩いたり、そういうときに口にするのはまったく気にならなかったのに、こういうときに言われるとかなり効果的だ。

まずい。すごく……すごく、昂奮する。

歯止めが利かない。

「じゃあ、挿れるよ」

「ん……挿れて……ください……」

「後ろ、向いて」

侑は「あの」と言ってから、不意に忍を見上げた。

「なに？」

「——前からじゃ……だめですか？」

「え?」

突然の体位の指定に、忍は戸惑って動きを止める。

「後ろもいいけど、前から……して、ほしいです……」

弱い声で言って、侑がおずおず脚を開く。

「前からしてほしい?」

「……はい…」

「それなら、俺のことを誘ってみて。夫をその気にさせないと」

「…前から、おっきいの、挿れて……」

――たまらない……。

「わかった」

頼まれたからじゃない。

挿れたい。

こうして情熱のままに侑を抱き締めて、深々と挿れたい。

「侑」

忍は躰を倒して侑の上体を掻《か》き抱き、強引に前から彼に押し入れる。

汗ばんだ薄い背中さえも、今はとても愛しい。

「あー……ッ」

ソファの上で、侑の躰が跳ねる。

「入る、奥……すごい……ごりってして……」

「そんなに？」

「ん、うん……ぐちゅぐちゅして……もっと、して……っ」

興醒《きょうざ》めするかと思ったが、そんなことはまったくない。

「すごい、締まる」

囁いた忍は、侑の体内を半ば強引に突き上げる。

「ひんっ！　ひ、あ……あ、すごい、ついて……もっと、もっと……」

侑の淫らな喘ぎ声が甘くて、この子の引き出しはどれくらい深いんだと感慨深さすら覚える。

だが、それも快感の前には呆気《あっけ》なく消えていく。

「侑……」

「忍さん、いい、そこ、いい、いいっ」

もっと、もっと味わいたい。

「俺も、いい」

「中で、いって……忍さんも、中で…おねがい、…中に出して……っ」

侑のこの熱を。

一つ残念なことがあるとすれば、侑は中出しでは達してくれないことだ。

そういうのは都市伝説なんだろうな、と忍は考えている。

「俺のが、欲しい？」

ともあれ、自分でも退きそうになるほど調子に乗って尋ねると、侑が涙に濡《ぬ》れた大きな目で忍を見つめて口を開いた。

「熱いの、ください……中に……」

「侑」

いや、男にそれを言っちゃだめだろう。

こちらの自制心が吹き飛んで、まさに獣になってしまう。

突き動かされるように、忍はいつしか腰を振っていた。

「あ、あっ、あん、しのぶさん、いい……いい、いく、いく……早く……ッ」

自分の見知らぬ一面を思い知らされたようで、忍はよけいに情欲が燃え上がるのを認識した。

6日目

「忍さん、朝ですよ」

ゆさゆさと躰を揺さぶられて、忍は「もうちょい」と呟く。

「今日、会社休みだし……」

「わかってますけど……朝九時に起こしてって言いませんでした？」

「そうだっけ……」

慌てて忍が跳ね起きると、侑が「おはようございます」と微笑む。

ベッドサイドに座っていた侑の後ろ髪がぴんと跳ねていて、それが寝癖だとすぐにわかった。

「おはよ……ごめん、今日は君と過ごすつもりだったのに」

「いいですよ。忍さんの寝坊、珍しいし」

ふわっと笑う侑が可愛くて、忍は思わず彼に目を奪われかける。

キスをしたいという衝動に駆られて、忍は首を横に振った。

どうやら、昨日の行為が尾を引いているらしい。

あのときの侑が愛しかったのは、彼が夜は娼婦的な若妻を演じてくれたからであって、そこに恋心なんてものはない。

勘違いをしては、彼がこの仕事を遂行するのに支障を来《きた》すだろう。

そもそも、侑ははじめから演技をしているのだ。

初体験なのも研究熱心なのも本当だろうが、忍に対して気持ちを傾けている点はただの演技だ。

なのに自分は、明らかに彼を特別視している。

そこに本気の恋愛を持ち込むなんて、あまりにも無粋だし、ともすれば己が惨めすぎる。

「今日、どうしますか？」

「もし君の体調が大丈夫なら、出かけよう」

忍はそう言って、侑の顔を見やる。

「といっても、躰、平気？」

「……だいぶ慣れたので、何とか」

「ごめん」

謝る忍に、侑は「いいんです」と困ったように笑った。

「でも、どこへ？」

「新婚だったら、新婚旅行じゃないか?」

「新婚旅行……?」

首を傾げる侑に、「着替えて」と言って忍は自分も起きだして顔を洗う。

侑が作っておいた簡単な朝食を摂ると、忍はすぐに出発した。

東京駅へ出ると、そこから新幹線のチケットを購入する。

「熱海……?」

「そう。昔は新婚旅行っていえば熱海だったらしい。昼飯には間に合うな」

熱海へ行こうと思いついたのは、昨日の会社帰りだ。

ネットで調べてみたところ、新幹線を使えば意外と近い。

オフシーズンで、しかも平日なので、人気宿などを選ばなければ宿泊先も見つかるだろう。

……などと考えていたのに、昨日、淫語プレイが興に乗って何回もしてしまった。それこそ指折り数えてみて、忍は蒼褪《あおざ》める。

あそこまで激しくセックスしてしまったら、侑の体調面で無理かもしれない。

「あの、躰は平気?」

「はい」

「もしかして、出かけるのは嫌?」

「そうじゃないです。何だか、意外で……嬉しくて」

侑が本当に嬉しそうに笑ったので、忍はほっとした。

もし侑が疲れた様子を見せたら、すぐに家に引き返そう。

それくらい配慮できなくては、新郎失格だった。


超がつくほどのインドア派の侑は旅行なんて滅多に行かないし、興味もないはずだった。

なのに、新幹線に乗るだけでわくわくしてきたのだから、我ながら現金だ。

新横浜《しんよこはま》を過ぎて車窓から海が見えるようになると、侑は歓声を上げる。

「海ですよ、忍さん」

「君、海、好きなの？」

「そうじゃないけど、何だか日常から離れてるって感じがしませんか？」

東京にいたって海は見えるのに、海岸沿いの景色が東京都内とは違うだけで、もう非日常の雰囲気を醸し出している気がする。

「そうかもしれない」

忍はやわらかく微笑んで、スマホを何やら操作している。

もしかしたら、誘ってくれたのはただの弾みで、この旅に上の空なのだろうか。

しかし、不安はすぐに解消された。

「ホテル、どうしようか」

「え」

「旅館とホテル、どっちがいい？」

忍はスマホで今日泊まれるホテルを探していたのだ。

「どっちも高いですよね……？」

「大丈夫。どっちも平日料金と、直前宿泊プランがある。当日までなら割引ってやつ」

忍がディスプレイを指し示した。

「じゃあ、安い方……」

侑が払える金額でないと、困ってしまう。

「了解」

忍が鼻歌を口ずさみつつ画面を操作し、「取れたよ」と侑を見つめて笑う。

「言っておくけど、費用は俺持ちだから」

「え!?」

「当然だろ。俺が誘ったんだ。ここで払うのが、男の甲斐性《かいしょう》だよ」

「僕も男です」

「でも、明日までは俺の奥さんだ」

「……はい」

照れくささと淋《さび》しさが一気に押し寄せてきて、侑は唇を噛《か》む。

だけど、今だけは楽しまなくては損だ。

明日になれば、忍とは他人になるのだから。

このちくちくと胸に刺さる棘《とげ》は忘れて。

新幹線に乗っているのは一時間に満たなかったので、熱海に着いたのは午後一時近かった。

駅から降りると、外は快晴。

潮の匂いがする。

「いいお天気ですね！」

わざとらしく侑は声を弾ませた。

「うん、よかったよ。えっと……お腹空いてる？」

「はい」

「じゃあ、何か食べよう。やっぱり海鮮かな」

「あ、それ、いいと思います！」

目についた駅前の寿司屋に入り、海鮮丼を二つ注文した。

このあいだは少し気取ったレストランだったので、カウンターに二人で並んで食事をするのも新鮮だ。

「熱海は昔、新婚旅行で有名だったんだ。あ、さっきも言ったっけ？」

「はい」

「……だよな。もう年かなぁ」

忍は肩を竦めて、そして微笑んだ。

「でも、熱海が新婚旅行で有名だったっていうのは、俺の両親よりも前の世代だから」

「そうなんですか？」

「うん」

わざわざ注釈を入れるあたり、忍はもしかしたら侑との年齢差を気にしているのかもしれない。

だが、忍は年上だけに頼り甲斐があるし、何ごとにつけてもスマートだ。

侑にとっては、尊敬できる人だと思える。

それに、こういうところは何だか可愛い。

テーブルに右手を突いてじっと忍を見つめていても、彼はそれに気づかずに一生懸命にパンフレットを読み耽っている。

彼なりに、侑との新婚旅行を楽しいものにしようと考えているのだ。

そんな忍の誠意が伝わってきて、息苦しいくらいだ。

幸せでたまらないのに、これも明日で終わりだと思うから……淋しい。

幸福なのに淋しいなんて気持ちが世の中にあるのを、侑は知らなかった。

夏の終わりに花火を見るあのときみたいに。

終わってほしくないものが、この世界にあるのだ。

いつかは必ず、終焉《しゅうえん》は訪れるのに。

「熱海の観光っていうと、貫一《かんいち》・お宮《みや》の像くらいしか知らないなあ……」

出し抜けに忍が呟いたので、侑は「何ですか？」と首を傾げた。

「もしかして、『金色夜叉《こんじきやしゃ》』知らないのか？」

「聞いたことくらいしか……」

「国語で習うと思うけど……まあ、これは見にいこう。君のシナリオの参考になりそうだ」

「どうして？」

「見ればわかるよ」

忍は意味ありげに唇を綻ばせる。

「あとは……干物を買っていくだろ」

「はい」

干物ならば実家へのお土産にもなるし、冷凍すればこの先の忍の食料にもなるだろう。

「お待たせしました」

二人の会話に割って入った店員が、大盛りの海鮮丼を運んでくる。

「すごいですね。これ、本当に並なんですか？」

「あ、もうランチタイム終わりなのでサービスしたんですよ」

「ありがとうございます」

思わず侑は忍と声を揃《そろ》えてお礼を言った。

「美味しいね」

「はい！」

山盛りの海鮮丼は美味しくて、侑はぺろりと平らげた。

お茶を飲んで一休みしてから、有名だという『貫一・お宮の像』を見にいく。

海岸通りに立っている銅像は、女性が男性に足蹴《あしげ》にされているシーンを描いたものだった。

「どう？」

「どうって……？」

いくら小説中最も有名な名場面と言われても、かなり感想に困る光景だ。

「いや、こういうのも昂奮するのかなって」

「僕、ＳＭはあんまり」

「俺もだ」

二人で銅像を見上げつつそういう感想を漏らすと、忍は声を立てて笑った。

つられて侑も笑いだす。

友達とでさえも、こうして旅行に行くことなんてない。中嶋とはよく彼の部屋に泊まるけれど、それはゲームを作るためだ。

笑っているうちに、どうしてだろう、泣きたいくらいの淋しさが押し寄せてきた。


格安プランに惹かれて予約した旅館は古びていたが、清潔感があるし料理が美味しかった。むしろ、改修の費用を出せないがゆえに、料理やサービスといったソフト面に力を入れているのかもしれない。

先方の希望するチェックインの時刻ぎりぎりで着いたために、風呂に入る前に夕食になってしまったが、熱海の街を歩き回って空腹だったのでちょうどよかった。

「風呂に行こうか」

「……はい」

何となく照れた様子の侑を連れて、ぎしぎしと軋《きし》む廊下を歩いていく。

こうしているあいだも、誰も現れる兆しはなかった。

オフシーズンの金曜日なんて、こんなものかもしれない。

当然ながら大浴場の洗い場には誰もいないし、海を一望できる露天風呂も貸し切り状態だった。

「空いててよかった。のんびりできる」

手足を伸ばした忍に言われて、少し離れたところから侑は「はい」と答える。

「そこからじゃ、景色見えないだろ。こっちに来たら」

「見えます！」

侑のいる場所は少し引っ込んでいるし、おまけに入浴中なので眼鏡を外している。見えるわけもないのだけれど、忍のそばで裸を直視するのは気恥ずかしかった。お互いの裸なんて何度も見たのに、こうやって風呂に入るのは初めてだったので恥ずかしく、侑はタオルで顔を覆ったままだった。

「お昼、海鮮丼はよくなかったかな」

忍がそう切り出したので、侑は首を傾げる。

タオルを取りのけてそっと忍を窺うと、彼は頭上に広がる星空を眺めていた。

眼鏡を外しているせいで多少はぼやけているけれど、東京とは比較にならないほどの星だった。

「そうですか？」

「夕飯まで、魚ばかりになっちゃったし」

「新鮮なお魚で美味しかったです。お魚の下ろし方も練習しておけばよかったな」

侑が何気なく呟くと、忍が「いいね」とその言葉を拾い上げる。

「それだったら、完璧な新妻だったな」

「………」

忍の言葉が過去形で、侑ははっとした。

新婚というシチュエーションももうおしまいだという事実を、忍の言葉の端々で突きつけられる。

わかっているのに、さっきから、終わりを意識すると胸がおかしくなる。

息ができないくらいに、苦しくなる。

自分は忍に雇われているエキストラのようなもので、彼の友達でも恋人でもない。

ここに来られたのだって、忍の気紛れにすぎないのだ。

そうわかっているのに、浮き立つ自分の心を戒めていないと調子に乗ってしまいそうなのだ。

彼とは恋人ではないけれど、気心の知れた友人にくらいはなれたのではないかと、思えてしまって。

忍の手前、楽しそうな顔をしなくてはいけないのが……なぜか、ひどくつらい。

もたもたしながら浴衣《ゆかた》を着付けていると、忍が「ちょっと貸して」と直してくれる。

「それにしても、男二人で旅館に泊まるってどう思われてるんだろうな」

明るい声で話しながら部屋に戻ると、照明が最小限にまで落とされており、布団が二つ敷いてある。

適度な距離が保たれており、気まずくなるということもなさそうだ。

「僕、手前でもいいですか？」

「いいけど、落ち着かないんじゃない？」

「そんなことないです」

侑はそう言って、手前の布団に陣取る。

忍はその傍らに腰を下ろし、大きく伸びをした。

「平日の温泉街っていうのもいいな」

「はい」

「あまり観光できるところはなかったけど、どうだった？」

「楽しかったです」

「そうか、よかったよ」

忍がそう言って目を閉じたので、彼を見下ろしていた侑は首を傾げた。

ここまで来ておいて、しないのだろうか？

こういう和室こそ、絶好のシチュエーションに思えるのに。

「――あの……」

仕方なしに、侑はおそるおそる切り出した。

「ん？」

「新婚旅行なのに……えっと、何もないんですか……？」

しないのだろうかという言葉を曖昧に濁すと、忍は「ああ」と微笑する。

「たまには、こういうのもいいと思って」

寝転がったままの忍が手を伸ばし、侑の肘《ひじ》のあたりに触れる。

侑がそっと彼に手を伸ばすと、忍が指を絡めてきた。

あたたかい。

畳の上で繋いだ手は、互いのぬくもりを伝えて少し汗ばんでいる。

「二人で他愛のないことをするのも、新婚の醍醐《だいごみ》味だと思わないか？」

「そうですけど……」

何だか、することは全部やり尽くしたと言われているみたいで、心配になる。

「もう思い残すことはないだろ？」

「え？」

「お互い、やれることは全部やったと思う」

「……はい」

言われたとおりに、心残りは何もない。

でも、こうしてすぱっと別れるための道程を決められてしまうのはつらい。

苦しくてたまらない。

考える時間を少しでも減らしたくて、侑は唇を開いた。

「なら……もう、寝ます…か…？」

「眠くないなら、語り合おうか？」

「何を？」

「新婚生活で得たもの、とか？」

冗談めかした声音で言われると、よけいに苦しくなった。

昨日の今日でセックスしないなんて、もしかしなくても退かれたんじゃ？

淫語プレイで頑張りすぎた……？

正直、昨日、どんなふうに喘いだのかほとんど覚えていないのだけれど、自分の引き出しを空っぽにする勢いで頑張った。

これまで培ってきたエロゲーの知識を総動員したはずで……。

「侑？」

「すみません、ぼーっとして」

最大限に退かれたのだろうと思うと、悲しくてたまらなくなってきた。

浴衣の胸のあたりを掻き合わせて、侑は襟元《えりもと》をぎゅっと握り締める。

この虚《むな》しさの理由が、わかっている。

別れの時が迫っていることが、それに対して忍が何も感じていないであろうことが、つらいのだ。

ここに自分を連れてきてくれたのは、忍なりの優しさだ。

でも、彼が侑に親切にしてくれるのは、今やただの惰性でしかない。

そうでなければ、ここで抱いてくれるはずだ。

絶対に、あの淫語がいけない。

青姦から淫語では、軽蔑《けいべつ》されるのも当然だった。

涙が滲みそうになり、侑は自分の唇を強く嚙むことで堪える。すぐに唇が切れて、舐めると舌先に血の味を感じた。

馬鹿だな。

愛想を尽かされてこんなに落ち込むなんて、まるで、本気で彼に恋をしてしまったみたいじゃないか……。

——あ。

かっと頰が熱くなるのを実感した。

思い込みや何かではなくて、これって、もしかしたら……自分は忍を好きになっていたんじゃないか？

そうでなくては、この感情に納得がいかない。

いや、嘘だ。

そんなの、嘘に決まっている。

侑はこれまでに誰かに心を動かされたことなんて、ないからだ。

初恋だってまだなのに。

動揺に耳まで赤くなり、侑はおろおろとしてしまう。

俄《にわか》に無言になった侑に、忍が「ごめん」と声をかけてきた。

「俺のわがままにつき合ってもらって、疲れただろ。もう寝るか？」

頭がくらくらとしてきて、侑は間を持たせるために何か質問を切り出そうとした。

「いえ……だったら、最後に聞いて、いいですか」

何とか、泣くのは回避できたと侑はほっとする。

「ん？」

「どうして、今回、花嫁派遣を頼んだんですか？」

「あれ、言わなかったっけ」

ちらりと右側を窺うと、忍が目を開けて侑をじっと見つめている。

布団をきちんとかけていないせいで、少しはだけた彼の胸元に目を向けてしまいそうになり、侑は慌てて顔を背けた。

「新婚生活を体験したいってことだけ。でも、本当にそれだけですか？」

それだけのために、高額の料金を投じるものだろうか？

「夫婦のあいだで、隠しごとはなしだよな」

忍がおかしげに言ったものの、侑は追い打ちをかけられた気分だった。

確かに自分たちは夫婦であっても、それはかりそめのものだ。

永続的な関係ではない。

……そうなんだ。

もうここで全部清算できてしまう関係なのだ。

「幼馴染みが結婚するんだ」

「幼馴染み……?」

ぴくりと頬が強張るのを感じた。

「うん。それで」

「それだけ?」

「仲が良かったけど、結婚とは縁遠そうなやつだったからな。どうしてなのか知りたかったんだ。どうして、あいつが結婚するのか……」

忍には、すごくショックだったのだ。

侑はそう理解し、何も言わずに頷く。

だから、最初の夜は、幼馴染みというシチュエーションだったのか。

忍はその幼馴染みを好きだったのだ。それならば、大金を投じてまで花嫁を雇ったのも納得がいく。

もういい。

その先は聞きたくない……。

「す、すみません、変なこと、聞いて」

「いや。よく考えたら、俺は君の動機を聞いたのに、自分のことはきちんと話してなかった。もっと聞いてくれてよかったんだ」

忍の言葉に、侑は曖昧に笑むに留《とど》めた。

なぜだろう。

侑もまた、激しい衝撃を受けていた。

その原因が、自分でもよくわからない。

忍の打ち明け話にここまで動揺するなんて、いったい、何が起きたのか。

嫌だ。心臓が痛い。胸が苦しい。

心が、壊れてしまいそうだ。

我慢していないと、泣いてしまいそうだ。

この、繋いだ手がなければきっと今頃、身も世もなく泣いていていた。

それを防いでくれるのが、この優しくやわらかな忍の体温なのだ。

「君が来てくれてよかったよ」

「……ほんとですか？」

「うん。ちょっと仕事で迷ってたんだけど……なんか、大事なことを思い出した」

「………」

仕事と自分自身を結びつけられると、侑の心は疼《うず》いた。

互いに仕事でしか関係がないと強調されているみたいで。

「そう、ですか」

気持ちが、ようやくすうっと冷えてきた。

これで、いい。

「――おやすみなさい」

さりげなく侑は忍の手を振り解《ほど》き、布団に潜り込んだ。

「おやすみ、侑」

目を閉じても、忍は侑の寝込みを襲ったりしてはくれない。

最終日というのはこういう意味なのかと、侑は虚しさを噛み締めるほかなかった。

7日目

テンションが、下がりまくっている。

宿をチェックアウトして熱海から東京に戻るまでのあいだ、あからさまに侑はそんな感じだった。つき合いの短い忍にもわかるような、そんなわかりやすすぎる態度だ。

突然のショートトリップで、疲れさせてしまっただろうか。新婚旅行は我ながらいいアイディアだと思っていたのだが、それは独りよがりだったかもしれない。

侑の意見を、もっと聞いておくべきだった。

これで最後なのに、新婚生活が後味が悪いものになってしまわないだろうか。

忍としても、今日が最終日だと思うと奇妙な淋しさがある。

ああ、自分はこれを誤魔化したくて、侑を旅行に誘ったのかもしれない……。

自宅に戻ると、侑が荷物を片づけ始めたので、忍は自分がランチを作ることにした。

いつもとは逆転の構図だった。

「あ……すみません！　僕がやるのに！」

さすがにチキンライスの匂いで忍のイレギュラーな行動に気づいたらしく、侑がキッチンに飛び込んでくる。

「いいよ、たまには手料理くらい振る舞わせて」

「でも」

「まあ、見よう見まねだけど。できたら呼ぶよ」

キッチンに食材が全然なかったのは、忍に料理をする習慣がなかったためだ。

しかし、味覚にだけはそこそこ自信があったので、忍はスマホでレシピを見ながら、何とかチキンライスっぽいものを作り上げた。

……よし。

「侑、ご飯だよ」

「ありがとうございます」

リビングで作業をしていた侑が戻ってきて、忍が出したものを見て目を瞠《みは》った。

「これ……」

「オムライスっぽいもの」

テーブルに載せられていたオムライスは、ケチャップで味付けたチャーハンの上に薄焼き卵を乗せただけだ。

だから、オムライスっぽい……という曖昧な名称になる。

そこにはきちんと、忍なりの感謝の気持ちを込めている。

『おつかれさま』

ケチャップでメッセージを書いてみたのだが、読み取れるだろうか？

「あ、の……」

「ごめん、いやだった？」

「……違います。労《ねぎら》ってもらって……その……」

それきり言葉が途切れ、小声で「いただきます」と言った侑がスプーンでオムライスを食べ始めた。

頼りない背中。

侑はいつもシンクを背にして座るので、その定位置に座られると、忍からは彼の表情が見えないのだ。

淋しげな背中を見ていると、無性に名残惜しい。

ついこのあいだまで笑い合っていたのが嘘のように、侑の態度が硬いのはなぜだろう。

偽りの新婚生活が終わるから、気持ちに整理をつけたためだろうか。

忍としては、離れたくないのに。

可愛くて優しい侑と、離れたくないと――思ってしまった。

……馬鹿。何を流されているんだ。

可愛いと思ったところで、彼は結局のところ、仕事でここへ来ただけだ。忍に合わせてくれていただけで、彼の個人的な意思は関係ない。

そこに、忍の要求を突きつけたって迷惑がられるに決まっていた。


契約終了の書類に判をもらうと、侑の仕事はこれにておしまいだった。

あちこちを片づけ、侑の痕跡《こんせき》は残さないように努力する。

朝のうちに終わるはずが、荷物をまとめたり掃除をしたりするうちに、午後六時になってしまった。

「一週間、お世話になりました。体験レポート、よろしくお願いします」

「うん」

一週間の共同生活を送った相手にしては、あっさりしすぎているけれど、どういう別れの言葉が相応《ふさわ》しいかわからない。

七日は侑にとっては、忍に思い入れを抱くくらいには長かったけれど、彼にとっては短いものだったかもしれない。

そのあたりの感覚には、個人差があるからだ。

「荷物、持つの手伝おうか？」

忍が彼らしい優しさで提案してくれたが、侑は首を横に振った。

この生活はあくまで虚構にすぎない。

引《ひ》き摺《ず》ってしまっては、自分が日常に復帰できなくなる。

だから、ここでぴしっと忍との関係を断ち切ったほうがいいのだ。

昨日認識したばかりの淡い恋心は、綺麗さっぱり流してしまって。

「いえ、何か増えたわけじゃないので」

「駅まで送るよ」

「いいです。契約はここで満了なので」

かちっとした声で侑は告げると、ぺこりと頭を下げた。

「ありがとうございました」

「あ、うん」

「当社のまたのご利用をお待ちしております」

よどみない侑の姿勢に、忍は何か言おうとしたように唇を開く。

だが、すぐに彼は口を噤《つぐ》んだ。

落胆に胃のあたりが冷えるのを感じ、侑は自らを嘲《あざけ》った。

何かって、何を期待しているんだ？

お互いに役割が終わっただけなのに。

そのうえで、侑はどうしようもない恋心に気づいてしまっただけなのに……。

「あのさ」

書類と代金をしまった侑がちらっと顔を上げたので、忍は笑みを浮かべてみせた。

「ゲーム、絶対にいい作品ができるよ。君はすごく、一生懸命頑張ってたから」

「あ……はい」

侑は一瞬、口籠もる。

「ん？　何かだめだった？」

その反応を訝《いぶか》ったらしく、忍の表情に不安げなものが兆した。

「いえ……そうじゃ……ないです」

残酷な一線を引かれた気がした。

これでおしまい。

自分たちはお互いに、好奇心を満たすためだけに生活を送ったのだ。

さっきだって、オムライスに書かれていたではないか。

――おつかれさま、と。

もう二度と会うことはないだろうと、その一言で示されたように思えて悲しかった。

忍にとって、侑との関係はそれで終わらせられるものだとわかったのだ。

「ありがとう、いい経験だった」

「でも、二度目はないだろうな」

さらりと述べられたのは、爆弾発言だった。

「え？」

「花嫁のレンタルは、もうしないよ。ありがとう」

侑をレンタルしたのは失敗したという……そういう意味だろうか。

クライアントに不満足を与えるようでは、この仕事は失敗だ。

理由を問い質《ただ》したかったけれど、忍は侑がきちんと契約を遂行したという書類に同意をしてくれた。ことを荒立てると、バイト代がふいになりかねない。

感情の波を堪えるべく両手を握り締めた侑は、来たときと同じようにスポーツバッグを肩にかけ、蹌踉《よろ》めくような足取りで忍のマンションから出ていった。

振り向いても見送りがないのはわかっていたから、二度とそちらを見ない。

案の定、かちゃりと鍵を閉める音が、やけに耳に響いた。

これにてバイトは完了。

いいネタは摑めたし、すごく参考になった。

男としてのときめきも、花嫁の視点も、双方の勉強をできたはずだ。

お金にもなるし、すごくいいアルバイトだった。

——でも。

でも、どうしてこんなに苦しいんだろう……。

忍とお別れするのが、つらい。

恋心を認識してしまったから？

いや、それだけじゃない。

これが失恋、だからなんだ。

「……なんだよ……」

小さく呟いた侑は、マンションの塀に寄りかかる。

ぽろぽろと涙が零《こぼ》れてきた。

忍が追いかけてきてくれればいい。

……でも、何の理由で？

忘れ物一つしなかった。

口実一つ作れない、そんな情けない自分のくせに、そんな侑を彼が追いかけてくれるわけがないのだ。

そのうえ、踵《きびす》を返してマンションに戻ることもできないのだから。

自分はだめなやつだ。

とことんだめで、どうしようもなくみっともない、何の取り柄もない人間なのだ。

それから

1

「侑《ゆう》！」

ありふれたカフェのチェーン店で待ち合わせた中嶋《なかじま》は、侑を見るなり少し怒ったような顔になった。

「心配したんだからな。メッセージ全然既読にならないし、返事も寄越さないし」

むっつりとした顔で腕組みをされて、侑は彼を心配させていたのだと今更のように知った。

「派遣バイトって言ったじゃないか」

向かいの茶色いソファ席にちょこんと座った侑が拗《す》ねた口調で答えると、中嶋は「はいはい」とわざとらしくため息をついた。

「そのバイト、泊まり込みだったのか？」

「……アシスタントみたいなことだから」

「おまえ、不器用だし絵心ないだろ」

「でも、できたんだ」

訥々《とつとつ》と答える侑を見ていた中嶋は首を横に振り、それから、アイスカフェラテを半分ほど一気に流し込んだ。

「で、どうなんだよ」

「どうって？」

「シナリオ。コンテは渡したんだから、そろそろ上がらないと」

「あっ」

侑はかっと頬《ほお》を火照《ほて》らせた。

正直、自分の気持ちがジェットコースターのようにくるくると変化してしまって、シナリオに取り組むどころではなかったのだ。

初恋の自覚、翌日には失恋――ドラマのような急転直下ぶりだった。

そして、失恋とはこんなに激しく落ち込むものなのだと初めて知った。

できることなら、知りたくなかったけれど。

「ごめん、まだできてない」

「できてないって……」

中嶋は絶句する。

「おまえなあ、取っかかりが摑《つか》めそうとか何とか書いてたじゃないか」

「……うん」

「次のイベントで絶対売ろうって話をしてただろ。夏のイベントがだめだったら、次は冬になる。ずるずる延ばしてたら信用を失うし……」

「わかってる。でも、おとといまでバイトだったから、昨日は疲れて一日ぼーっとしちゃって……」

心の中でぐちゃぐちゃ渦巻いているもの。

これをかたちにして吐き出せたら、きっといいものができそうな気がしている。

失恋したばかりだし、今はそのための熟成期間なのだと思いたい。

「だけど、書けると思う」

きっぱりとした顔で侑が言うと、中嶋は一拍置いた。

「――絡みは？」

「何とか」

「珍しいな。前はもっとごにょごにょ誤魔化してたくせに」

「一応、シーンプロットはできてるし……何とかなるよ」

漫画家は〆切を破るものというイメージがあるが、中嶋はプロデューサー気質のためか制作進行に関してもかなり厳しい。

書けなくてぐだぐだ悩んでいる侑と違い、きちんとものを作り上げていく。

だからこそ、それが苦しくてあんなバイトに手を出してしまったのだ。

「…………」

不意に、思いは忍《しのぶ》のところへ飛んだ。

一つの仕事が終わっただけなのに、この喪失感の大きさはどうだろう。

胸が痛くて、苦しくて、つらすぎてもう涙さえ出てこない。

「侑？　ごめん、俺……言いすぎた？」

「そうじゃないよ。頑張らなくちゃいけないのはわかってるから。詰めれば今月中には終わると思う」

「よかった。頑張ってくれよ」

「うん」

侑ははにかんだ笑みを浮かべ、ロイヤルミルクティを飲み干した。


いびつな新婚生活が終わってから、一か月。

忍は当初、時が経《た》てば侑のことを忘れられるかもしれないと思っていたが、そんなことはなかった。

むしろ、日が経つにつれて、侑の不在を強く感じてしまって、帰宅したときなど淋《さび》しくなる。

ただいま、と言って誰かが答えてくれることがどれほど幸せなのか、忍はすっかり忘れていたのだ。

「よし、と」

心境とは裏腹に、仕事は好調だった。

特に、先日納品したネットショップの案件に関して自分が引っかかっていた部分をクリアできたのが嬉しかった。

どうしても納得がいかなかったのは、ユーザビリティに関してだ。

ネットショップなので置いている商品の検索ができるが、もっと感覚的に、直感的に選べるシステムにしたい。特に扱っているのが一点もののクラフトなので、なおさらだ。

彼らは侑のように、こだわりを持って作品を作っているのだ。それを売る唯一の場である以上は、中途半端なものは、こちらだって納品できない。

ディレクターに提案した忍は他のプログラマたちと落としどころを考え、突貫工事ではあるが新たな仕組みを実装したところ、クライアントも大変喜んでくれた。

それもこれも、侑がいたから思いついたのだ。

妥協せずに自分のできることは懸命に探す、あの前向きさ。

このところ仕事に情熱を失いかけていた忍には、それが新鮮だった。

まだ改良の余地はあるが、手直しをする時間ももらえた。

こうして一つのシステムを作り上げてみると、まだまだ仕事にはやり甲斐《がい》があるのだと実感できた。

「お疲れ様。軽く打ち上げでもする？」

珍しく竜田《たつた》が提案してきたが、今日は一人でゆっくりしたい。

このところ会社に泊まり込みがちだったので、ベッドが恋しかったせいだ。

「いえ、疲れてるんで……明日でもいいですか？」

「あら、そうなの？」

「疲れてるときは一人が一番なんで」

「……言うわね」

「すみません」

そうだ、自分はこういう人間だったはずだ。

いなくなってしまった相手を追い求めて、こうしてセンチメンタルになるような人格ではなかったはずなのに、侑がいなくなってからというもの、何かがおかしいのだ。

竜田にぺこりと頭を下げて、忍は駅へ向かう。

こういうときに通勤先が都内でないというのは便利で、電車はがらがらだった。

端の席に腰を下ろして、そっと目を閉じる。

仕事に夢中になって打ち込んだせいで確かに疲れており、次に目を開けたときは地元駅の手前だった。

欠伸《あくび》を噛《か》み殺しつつ下車して、ふと気が向いてシグナルを訪れる。

「いらっしゃいませ」

「久しぶり」

実際に、この店に訪れるのはかなり久々だ。

気持ちに浮き沈みがあって一人で飲む気になれなかったが、二か月くらいのブランクがあるのではないだろうか。

「何だか景気悪い顔してますねえ」

「そんなことないよ。今日は一仕事終わったお祝いだし」

「あ、おめでとうございます。まだ引き摺《ひず》ってるのかなって思いましたよ」

「え？」

ぎくりとする。

いつの間に侑のことを話したっけと動揺して声を上擦らせる忍に、美緒《みお》はくすりと笑った。

「ほら、幼馴染《おさななじ》みのご結婚の件」

「ああ、そっちか」

「そっちってほかに何かあるんですか？」

美緒の目がぎらりと光った気がしたので、忍は首を振った。

「いや……特にないよ」

慌てて誤魔化してから、忍は侑がいなくなってからというものとても調子が悪い自分自身を歯痒《はがゆ》く思い返した。

淋しい。

家に帰って誰もいないのも、一人で食事を摂るのも、目覚めたときに傍らに他人のぬくもりの名残すらないのも。

これまで自分がいらないと思って拒んできたもの、それらがじつはたとえようもなく価値があると、今更のように知った。

この寂寥感《せきりょうかん》から逃れるには、恋人でも作ればいいのかと思ったけれど、侑のように輝く相手はそう簡単には見つからなかった。

「ちょっと仕事で来てもらった子が、いいなって思ってたんだ……」

「その子、バイト?」

美緒の言葉に、忍は歯切れ悪く相槌《あいづち》を打った。

「うん、まあね」

「なら、また来てもらえばいいじゃない」

「え」

今夜も、美緒は忍にとって意外すぎる提案をしてきた。

「だってほかに接点ないんでしょ？」

無論、もう一度、侑に会いたいという気持ちは強い。そうでなければここまで思い悩んだりしない。

侑にまた花嫁を依頼するという選択肢は、なかったわけではない。

侑は金で雇った相手なのだから、取り戻すためには金を積むほかない。

しかし、それではあまりにも情けなさすぎるのではないか。

「それって格好悪いよ」

「格好にこだわってたら、恋なんてできないわよ」

ずばりと言い切られて、忍は目を見開く。

「それに、ストーカーみたいじゃないか？」

しつこい男は嫌われるというのは、わかっている。

「ストーカーになるかどうかの分かれ目は、引き際のよさにあるわ」

「引き際？」

「相手が嫌だって言っても理解できずにつきまとうのはストーカー。どんなに欲しくても、拒まれたときに引き下がれるのがやせ我慢のできる大人の男よ」

なるほど、と忍は頷《うなず》いた。

やせ我慢も一つの美学と、いつだったか美緒に言ったことがある。彼女はそれを覚えてい

てくれたようだった

「もちろん、そんな真似をしないで乗り越えられるならそれでいいと思うんだけど、実際のところはどうなの？」

「乗り越えられるかは、微妙だな」

実際、侑のメールアドレスはわかっている。

しかし、そこにメールを送るのは最終手段の気がする。

まずは、もう一度ジューンブライドに連絡をすることから始めてみよう。

「ありがとう。とりあえず、当たってみる」

「当たって砕けろよ！」

「わかってるけど、玉砕はしたくないな」

苦笑した忍はそう突っ込むと、シグナルを辞した。

急ぎ足で帰宅した忍は、緊張しながら、あの『ジューンブライド』のサイトにアクセスしてみた。

けれども、結果的に、忍の目論見《もくろみ》は不発に終わった。

意を決して会員サイトにアクセスしてみたところ、侑の写真が下げられていたのだ。

花婿のページはもちろん、花嫁のページにも侑のプロフィールは載っていなかった。

忽然《こつぜん》と消えてしまった。

サイトに掲載された問い合わせの時間が午後九時までぎりぎり間に合いそうだったので、慌ててフリーダイヤルに電話してみると、相手の応対は朗らかだった。

『同じ花嫁の再度の指名は、もちろん、可能です』

「でしたら、このあいだ来てくれた桃川《ももかわ》侑さんをもう一度お願いしたいのですが……」

このあいだなどと言いつつも、実際は一月前のことになる。

とっくに違う派遣先に行ってしまったかもしれない。

『桃川、ですか？』

「はい」

かちゃかちゃとキーボードを叩く音のあと、オペレーターが『お待たせしました』と声をかけてくる。

微《かす》かな緊張感とともに、忍は次の言葉を待った。

『……残念ながら登録はありません』

「登録がない？」

薄々予想していたくせに、その返答は忍に大きな衝撃を与えた。

『先月、桃川は退社いたしました』

「それって、問題あるんじゃないですか」

自分でも想定外なほどに、忍は強気な態度に出た。

『問題？』

「俺はこのあいだ桃川くんに依頼して、周囲にパートナーとして紹介してしまったんです。こう簡単に辞められると、花嫁をレンタルした意味がない」

もちろん、嘘だった。

落ち着け。

これじゃクレーマーそのものじゃないか。

『おっしゃるとおりです。しかし、辞めてしまったことに関してはこちらとしても如何《いかん》とも し難く……』

紋切り型の謝罪にいらついても、仕方がない。

そもそも、ジューンブライドが企業として未熟なのはさまざまな欠陥からわかっていたではないか。花嫁が辞めたあとの対応についてまったく決まっていないのも、仕方ないといえば仕方がないことだった。

「わかりました、でしたら結構です」

時期的に、あれから侑はほかの依頼に応じたとは思えない。だとしたら、忍との仕事のあとに辞めたと考えるのが相応《ふさわ》しいのではないだろうか。

やはり、やりすぎだったのかもしれない。

セックスまで求めてしまったのは、いくら相手の希望とはいえ早計だったのではないか。

うぶな侑の心を抉《えぐ》ってしまったのであれば、償いたくても償いきれない。

第一、辞めてしまったのであれば、侑に教わっていたメールアドレスだって何の意味もない。あのメールアドレスは、ジューンブライドから支給されたものだと言っていたからだ。

これで完全に、侑との接点はなくなってしまった。

だったら、断ち切ってしまえばいい。

侑のことなんて忘れてしまえばいい。

立ち上がって冷蔵庫からミネラルウォーターのペットボトルを取り出し、その中身をグラスに注ぐ。

冷えた水を一気に呷《あお》っても、まったくもって頭は冴《さ》えなかった。

視線の先にあるのは、食器棚の一番いい位置に置かれたそばちょこだ。

しまおうと思ったのに、しまえなかった。

まったく、なんて無様な未練がましさだろう。情けなさすぎて、反吐《へど》が出そうだ。

ここ一月というもの、何十回となくそう考え、侑に見切りをつけ、この感情を忘れようとした。

そのくせ、忘れられない。

「くそ」

小さく呟《つぶや》いた忍は前髪をぐしゃりと掻《か》き上げ、冷蔵庫のドアを叩いた。

今までつき合った女性たちは、こんなに引き摺らなかった。

淋しいなと思ってもせいぜい一週間くらいで、忍はすぐに元の生活に戻れた。

なのに、今回は違う。

未練がましくそばちょこを出したままにしておいて、彼の帰りを待っているとは、どんなみっともないふられ男なのか。

とにかく、打つ手がない以上はこれで諦《あきら》めるべきだ。

メールアドレスも知らない、住所もわからない。覚えているのは名前と顔だけ。

特徴的な名前なのでＳＮＳに登録がないかと思ったが、特に見当たらなかった。

どうしたらこの心情に区切りをつけられるのだろう。

振られてしまえばいっそすっきり忘れられているのに、それさえもないからたちが悪いのだ。

不甲斐ない自分自身へ苛々《いらいら》しながらネットのニュースを眺めていた忍は、不意に、侑が同人ゲームのサークルをやっていると言っていたのを思い出した。

そうだ。

そちらからのアプローチがあるじゃないか。

あいにくオタク文化にはあまり詳しくないが、ネット上にサークルのサイトがあったとしてもおかしいことではない。

確かゲームの内容は……。

「あった！」

適当なキーワードをいくつか打ち込んでいるうちに、やがて、一つのサイトに行き着いた。

シンプルな作りで、いかにも手作りっぽい。

制作者はナカジマとユウになっていて、わかりやすく侑を連想させた。

無論、彼が本当のことを話している保証はない。

だけど、侑が自分に嘘をついているとも思えなかった。

とにかく、侑に連絡が取れないかどうかメールを出してみよう。

お問い合わせフォームをクリックすると、忍は言葉を選んでメールを書き始めた。


燃え尽きた、という表現が一番しっくり来る。

「疲れた……」

とりあえずできたところまでシナリオを出し、ソフトを作ってゲームを作成して……何とかプロモーション用の無料配布バージョンの入稿を終えて、侑はすっかり脱力していた。

といっても、入稿したのは三日ほど前のことだ。

本来ならばばりばり新しい仕事を決めて、完成版に向けて原稿も執筆しなくてはいけないのだが、まったくモチベーションが上がらない。

それどころか、深い泥沼に足を踏み入れてしまったみたいだ。

「暗いわね」

食卓でお茶を淹《い》れていたところ、会社から帰ってきて夕飯をあたためていた三番目の姉に言われて、侑は「うん」と生返事をする。

「あんたね、早く仕事決めなさいよ。引きこもりのニートなんて、生ゴミ以下よ」

「……ごめん」

あれから妙に後ろめたくなり、ジューンブライドのアルバイトはやめてしまった。もともとちゃんとした職が見つかるまでと考えていたし、こういう仕事が、自分にはまるで向いていないと思ったせいだ。

童貞を捨てたかどうかは難しい線だが、とりあえず、セックスはした。これならば、女性に近い視線でエロシーンを描けるはずだ。

つまり、侑は目的を果たしたというわけだ。

それに、もうそんなシチュエーションは学びたくない。

妻という名目があったにせよ、自分を大切にしてくれた忍以外とはあんなことをしたくないという気持ちが生まれてしまって、やめることにしたのだ。

「謝るばかりで何もしてないでしょ」

「……うん」

シナリオを一本上げたところだと言いたかったけれど、姉の価値観から見れば趣味での創作物なんて何の価値もない。

忍は他人の気楽さで侑のシナリオ作りを応援してくれたのかもしれないが、彼の態度からは少なくとも嘘や誤魔化しを感じなかった。

「バイトでもいいから。さっさと決めなさいよ」

「はーい」

前の会社がつぶれたことも、侑の見る目がないと責められた。収入源がないので自宅暮らしを続けるほかないが、ここは息が詰まる。

だからこそよけいに、忍のところで過ごした一週間が煌《きら》めいたものに思えた。

……だめだ。

思い出したって、だめだ。

忍が求めたのは、ただの代わり。

彼がなくしてしまった幼馴染みの代わりだ。

暗い面持ちで自室へ向かった侑は、パソコンの前に陣取る。

「あーあ……」

呟いたそのとき、スマホのＳＮＳアプリにメッセージが届いた音がした。

——侑。お問い合わせフォームから変なメール来てる。

——見てみる。

そのメッセージに気づいた侑は、メーラーをチェックしてみる。

『初めて問い合わせいたします。そちらのシナリオライターは桃川侑さんでしょうか？　連絡を取りたいことがあり、メールいたしました』

署名は、衡山《ひらやま》忍となっている。

「！」

紛れもなく、忍からのものだった。

まさかサイトを探し当てるとは思わなかった。制作したゲームの話をしたこともあったけれど、でも、何で……。

動揺する侑に、『どうする？』と中嶋が追い打ちをかけてくる。

——おまえの知り合い？

——バイトのときの。でも……。

そこまで打って侑は手を止めた。

——侑？　寝落ち？

中嶋が先を促す。

——ごめん、何でもない。連絡はこっちからしておく。

——オッケー。

にっこりと笑っている絵文字がついてきて、侑はほっとする。

怪しまれなかったみたいだ。

——シナリオ、途中までだけどすごく面白かったから、この調子で最後まで頼んだぜ。

——ありがと。

——えっちも書けてたし、かなり萌《も》えた。

——恥ずかしいよ。

中嶋が自分のシナリオを褒めてくれたのは、何年ぶりだろう。しかも、エロシーンで合格点をもらうのは初めてだ。ようやく嬉しくなった侑は小さく微笑《ほほえ》みを浮かべる。

だけど、その嬉しさも、忍から送られてきたメールを見ると萎《しお》れていくようだった。

今更、どうして連絡なんて取ってきたのだろう。

もう一度、幼馴染みの代わりをしろということだろうか。

あり得る。

そもそも、ジューンブライドは顔写真を見ながら花嫁を選べるのが売りだ。

侑を選んだのだって、その幼馴染みに似ているからじゃないのか。

だとしたら、こんな惨めなことはない。

もう一度忍と連絡を取ったところで、侑の痛手が大きくなるだけだ。

何か正当な理由があるならば、辞めたとはいえ、ジューンブライド経由でコンタクトがあるはずだ。

『お問い合わせありがとうございます。大変申し訳ありませんが』

そこで侑は手を止めて、考え込む。

このメールを出したら、忍と侑の縁は切れてしまう。

それでいいのだろうか？

『大変申し訳ありませんが、お問い合わせの件には心当たりがありません。ご了承いただけますと幸いです』

想像以上に冷酷で、簡潔な文章になった。

送信ボタンを押せば、それでおしまいだ。

逃げる必要はないのかもしれない。

けれども、どうして忍があえて侑に連絡を取ってきたのかがわからなかったから、警戒してしまう。

もう、忍とは会いたくない。

傷つくのが、怖い。

「……ばかみたい……」

自《おの》ずと視界が潤んできて、忍は眼鏡を外してごしごしと両手で涙を拭《ぬぐ》った。

でも、どうして？

自分でも自分の行動がわからなくて、上手く摑めなくて、胸がざわざわする。

いや、わかっている。

忍のことを好きだと気づいてしまったからだ。

だから、そのままではいられなくなってしまった。

その瞬間から、侑は怖くなったのだ。

失恋することに。

忍は幼馴染みに特別な思いを抱《いだ》いているからこそ、この恋は成就し得ない。

そうわかったから、逃げだした。

気持ちに全部蓋《ふた》をして。

実際にはもうとっくに、失恋してしまっている。

忍が求めているのが幼馴染みの幻影だとわかってしまったときから、この恋は強制終了している。

——その代わり、このゲームだけはいいものにしよう。

自分を待ってくれた中嶋には罪はないのだから。

2

……ここか。

初めて訪れるホールは、一階に同人誌即売会の名前がプリントされた大きなポスターが貼ってある。

「早くしないと、あそこ、売り切れてるって」

「マジ？」

そんなことを言い交わしながら、二人の大学生くらいの青年が足早にエレベーターに飛び乗る。

忍も慌ててそのあとに従い、勝手に彼らに同行することに決めた。

正直にいえばこの手のイベントとは無縁だったので、忍はかなり圧倒されていた。

六月。

まさにジューンブライドの時期のはずが、このところ近づいている梅雨前線のせいか肌寒い。

同人誌即売会というので、失礼ながらもっとオタクっぽい服装の参加者が多いのだろうと思っていた。

しかし実際には、拍子抜けするくらいに普通で、秋葉原のような街を歩いているタイプが多いかな、という程度だ。

もちろん、忍は同人誌関係のイベント（と言うらしい）への参加は初めてなので、インターネットで検索をして作法をあれこれ学んだ。

それによると、こうした中規模の即売会は開場と同時に買い物をするなどという目的がない限りは、まったりと訪れていいらしい。

一応は、小銭と千円札を用意しておくようにと書かれていた。

――あとはパンフレットの購入だったな。

入り口で少女のイラストが描かれたパンフレットを購入した忍は、しげしげとそれを眺める。

そういえば、これはパンフレットではなくカタログというのだっけ。そして、それぞれの販売ブースには『スペース』という呼び名があるのだという。

つまり、印刷された配置図を見ながら侑のスペースを探さなくてはいけない。

なるべく控えめに、人に迷惑をかけないようにしなくては。

一応、ここ三日ほどで即売会のマナーに関しては学習している。

侑に恥を掻かせるようなことはしないつもりだった。

侑のサークルについての下調べも、もちろんしてある。今日は夏に発表する予定のゲームの体験版のCD－ROMを配布するそうだ。

無論、ゲームの内容は花嫁もの。

それこそが、忍が侑のサークルのサイトを特定できた理由の一つだった。

こんなに必死で侑を追い求めて、まさにストーカー一歩手前だ。

いったい俺は何をしているんだ、という己を戒める気持ちはもちろんある。

恋に夢中になって、我を忘れて、自分が自分でなくなってしまったみたいだ。

これまでのスマートな自分自身は、どこかに消えてしまったみたいだ。

足を踏み入れたホールの中は二十代前後の男性がたくさんいて、忍は戸惑った。配置図があるとはいえ、こんな混雑の中で侑のいるサークルを探すのは難しい気がする。

きょろきょろしながら歩いているうちに、人が途切れた。

パンフレットに書かれていた番号と柱に貼られた目印を確認すると、侑のサークルはこの近くに配置されているらしい。

「ええっと……」

暇そうにしているサークルの男性に声をかけようと思ったが、忍の視線は隣のブロックにいる男性に釘づけになった。

いた！

侑だ。

眼鏡をかけた侑が、楽しそうな顔で同年代の誰かと話している。時折笑みも零《こぼ》れていて、彼がこの空間で生き生きしているのがわかった。

いつもはにかんだような顔をして俯《うつむ》いていたので、侑がこんな表情をするなんてことを、忍はこれまで知らなかった。

侑が着ているTシャツはゲーム会社のロゴか何かが入っていて、その微妙なセンスもまた新鮮だ。

おかしくなりつつも、忍は引き寄せられるように侑のスペースへ向かう。

人混《ひとご》みを掻き分けながら、侑のスペースの前に立つ。

「あの」

「すみません、体験版はもう終了して……」

話しかけた忍に対してそう言いながら顔を上げた侑の表情が、見事に強張《こわば》った。

「侑、久しぶり」

「忍さん⁉」

声を上擦らせた彼は、みるみるうちに真っ赤になっていく。

中学生のとき、試薬か何かの実験をしたことを思い出してしまう。

侑の傍らに立っている青年は、誰なんだろうと言いたげな顔つきで忍をじろじろと眺め回している。

「こんなところまで来て、ごめん。話をしたくて」

「あ、の……」

口籠《くちご》もり、言いづらそうにしている侑は、完全に不意を突かれて狼狽《ろうばい》している様子だった。

どうしよう。

もう少し上手《うま》く話を持っていくつもりだったのに、侑は呆《あき》れるくらいにおどおどして反応をしかねている。

「ごめんなさい」

侑は大袈裟《おおげさ》に見えない程度に軽く頭を下げ、素直に謝ってきた。

「でも、話すことは……もう、ないです」

掠《かす》れた声で侑がそう言ったので、忍は衝撃を覚えていた。

「そうか。ごめん。じゃあ、元気で」

その四つの言葉を繋げて口に出せただけでも、奇蹟《きせき》的だ。

それくらいにショックを受けていた。

くるりと踵《きびす》を返し、忍は足早に侑の元から離れる。

何をしているんだろう。

俺は、いったい、何を。

そう思うばかりで。

何もかもが現実味がなかった。


「体験版、配布終了お疲れ様！」

「かんぱーい！」

空元気でにぎやかな声を出し、侑は中嶋と中ジョッキのグラスを合わせる。

ごつんと鈍い音がした。

今日のイベントで売り子を手伝ってくれた友人は、彼女とデートだというので一足先に帰ってしまっていた。

「あとはネットにアップしてダウンロードできるようにして、それからアンケートの結果を見ながら仕上げだな」

「……うん」

中嶋が嬉しげに話しかけてくるが、侑は上の空だった。

無論、原因は忍だった。

どうしてだろう。

なぜ、忍は即売会にまで現れたのだろう。

このあいだのメールといい、まったく意味がわからない。

「どうしたんだ？　もしかして、さっきのやつのせい？」

まだ三年ほどのつき合いとはいえ、中嶋は的確に侑の心情を読んでいた。

「……うん」

嘘をついても仕方ないので、侑はこくりと頷いて椅子の上で座り直す。

居酒屋の椅子は座布団が薄くて、侑には座りにくかった。

「おまえの知り合いに、あんなイケメンいたっけ。オタクじゃないだろ、あれ」

中嶋はいかにも興味津々といった様子で食いついてくる。

「えっと」

「会場でめっちゃ浮いてたよな」

「あ……うん」

それはそうだ。

侑のようにお洒落《しゃれ》なイケメンは、ああいう会場では浮いてしまう。

無論、オタクでも顔がいい人物はいるが、忍には決定的に欠けているものがある。

忍は、本人から欠片《かけら》だってオタク臭がしない。

つまり、忍はそういうカルチャーに興味がないので、完全に異分子だった。

だから、あそこまで浮いていたのだ。

「年上っぽいけど、どんな知り合い？」

海鮮サラダをよそいながら尋ねられ、侑は「前のバイトで知り合った」とだけ答える。

「前のバイトって派遣だっけ。何してたんだ？」

「家政婦みたいな……」

さすがに忍の姿を見られては逃れられないと観念し、侑は用意していた回答を口にする。

「家政婦⁉」

驚きのあまり、中嶋が頓狂《とんきょう》な声を出した。

「おまえそういうスキルあったっけ？」

「まあ、家事はできるし」

「でも、何でまた、そういうの……」

中嶋は疑わしげな顔で、侑をじっと見つめている。

苦笑した侑は、何とか言い訳をしようと言葉を探した。

「僕、あまりほかの家のこと知らないから……その、何か、参考になればいいなって」

「参考って……シナリオの？」

「うん。せっかくの新婚ものだから、いい作品にしたくて」

かなり苦し紛れだったものの、彼は納得したようだ。

「……そっか」

最初は硬い表情で侑を睨《にら》みつけていた中嶋だったが、すぐに安堵《あんど》したように笑んだ。

「おまえ、意外と熱心にやってくれてたんだな」

「え？　意外ってなに？」

意外に思うのは、こちらのほうだった。

「あ、ごめん……手抜きしていたとは思ってないんだ」

突き出しのもずくを啜《すす》り、中嶋が続ける。

「エロに色気が出てきたのはもちろんだけど、そのほかもすごくこなれてきたよ。ちゃんと研究したんだろうな、ってシナリオ読んで思った」

「…………」

「俺たち素人《しろうと》だけど、進歩は可能だろ。でも、おまえは俺があれこれ言っても全然変わろうとしなかった。書き方とか、もうこれでいいって思っているみたいで……それが俺、すごく歯痒かったんだ」

「そう、なの？」

「うん。俺も厳しいこと言いすぎてるかなって思ったし、おまえ、やめちゃうかもとも思った。ほら、漫画とかでも描き続けるのが一番大変だっていうじゃないか」

中嶋がそこまで熱心にサークル活動に取り組んでいるとは、思ってもみなかった。

「――そうだね」

無論、やめてしまいたいと思う瞬間はあった。

でも、自分にはこれしかない。

口べたで自分を表現できない侑が息をつける場所は、ここだけと思っていた。シナリオの上でなら、侑は自分の思ったことを伝えられたのだ。

それに、中嶋の絵は素晴らしい。

彼ならば侑の言いたいことを絵にしてくれるし、侑は彼の伝えたいことを文章にできるはずだ。

そう、思っていたのだ。

「やめようと思ったことあるよ」

「やっぱり？」

「うん。中嶋が何を欲しがっているかわかったけど、僕、そういうの苦手だったし……自分にそういう引き出しがあるなんて考えられなかった」

侑は言葉を一度切った。

それから、中嶋が何かを待っている様子なのに気づいて、考えながら口を開く。

「でも、書きたかったんだ。中嶋はすごい才能があるから、僕も張り合ってみたくなった」

「張り合う？」

中嶋は意外だったらしく、きょとんとしている。

「……ごめん、気を悪くしたら」

「いや、そうじゃなくてさ……違う意味で、驚いたんだ」

中嶋はビールをくっと飲んでから、白い歯を見せて笑った。

「おまえ、あんまり自己主張しないから。そういう欲望ってないのかと思ってた」

「あるよ、僕にだって。いいものを作りたいって思ってる。おまえと頑張って、すごいゲームにしたいって」

いつの間にか、侑は熱弁をふるっていた。

こんなふうに心が熱くなるのは、ずいぶん久しぶりのような気がする。

「そうだよな。でなきゃ、いろいろ表現したりしないよな」

「……うん」

そうなのだ。

言われてみればそのとおりだった。

「――よかったよ、今日はさ」

ふうっと息を吐き出し、中嶋ははにかんだように笑った。

「なにが?」

「体験版、余ったらどうしようって思ってた。それに、おまえの気持ちも聞けたし」

「僕の気持ちって」

「おまえ、いつも肝心なこと言わねーんだもん」

中嶋はぼやきつつ、つまんだ唐揚げを口中に放り込んだ。

「もっと自分を出していいと思うぜ。人間なんだ、何か思ったことだってあるだろ」

「あるけど……」

「我慢してるじゃないか、いつも」

「――言われてみれば、そうかも……」

気の強い姉と両親に囲まれて、侑は自分の意見を他人に伝えることがなくなっていた。

それではいけないと思っているうちに、忍に会った。

忍に対して、自分はとても素直に気持ちを伝えられた気がする。

たぶん、忍が侑のことを大事にしてくれたからだ。夢を笑わなかった。協力してくれた。

見知らぬ他人と触れ合うことの可能性を、彼は教えてくれたのだ。

何がしたいか、どうしたいか、自分はどんな人間か。

――あ。

そうだ、あのときの侑は、すごく自然体でいられた。

恥ずかしい欲望や好奇心を剝《む》き出しにして。

居心地がよかったんだ。

忍のそばにいるのは。

だから、好きになった。

あれは恋だったと、今はもっとはっきりと認められる。

そのうえシナリオを書いているうちに、まだ引き摺っている自分に気づいてしまったのだ。

今でも、好きだ。すごく、すごく好きなんだ。

「それにしても、さっきのイケメンさあ」

「え？」

「おまえの知り合いなのはわかったけど、何しに来たんだ？」

「わからない」

「話があるっぽかったけど」

「……さあ」

「おまえ、それで元気がないのか？」

「え、元気だよ。今だってゲーム論議したじゃないか」

「そうじゃなくってさ」

中嶋はふっと笑った。

「元気ないよ。さっきから萎れたり、少し浮上したりの繰り返し。気に病んでることがあるなら、言ってみろよ」

「……後悔してるんだ」

自分の気持ちに一番近いのは、それだった。

「せっかく会いにきてくれたのに、追い返しちゃったから」

「何で追い返したんだ？」

「怖くて」

自分は忍の幼馴染みの代わりなんて、できない。

そんなすごいポジションに、たかだか一週間同居した程度の侑が、収まることがどうしてできるだろう。

だから、忍との関わりを消してしまいたくて、さっき訪れた忍の頼みを即座に断ってしまった。今日だけじゃない。メールフォームからコンタクトをされたときも、同じ理由で忍を突っぱねてしまった。

早く忍のことを、忘れてしまいたい。

そうでなくては、ずっとこの片想いを引き摺ったままになりそうで。

「怖い？」

「期待するのは嫌なんだ。もう二度と会えないのに」

「会えたじゃないか」

中嶋はするっと答えた。

「よくわからないけど、おまえを探しに来たんだろ。あの人は会いたくておまえのところに来たんだ。だったら、理由くらい聞いてやればよかったんじゃないか？」

ずきりと心に刺さるような、そんな言葉だった。

「……そうかな」

「まあ、それを決めるのはおまえだけどさ」

中嶋はそこで一旦《いったん》、言葉を切ってから続けた。

「でも、俺なら会いにいくな」

「何で？」

「だって、会えば何か起きるかもしれないだろ。でも、会わなかったらそこでおしまいだ。ゲームの最初からバッドエンドに行くようなものじゃん」

「…………」

「たまには、いつもと違う選択肢を選んでみたら？　もうフラグ立ってるかもしれないし」

それが最後の一撃だった。

何も言っていないのに、中嶋は鋭い嗅覚《きゅうかく》で何かを嗅《か》ぎつけているようだった。

「特に用事がないなら、これからのスケジュール決めちゃおうぜ」

さらっと中嶋が言ったので、侑は彼の顔をぱっと見やる。

にやりと中嶋が口許《くちもと》を歪《ゆが》める。

おまえの言いたいことはわかっているとでも言いたげな、目で。

「ごめん！」

「何が」

「料理、キャンセルできなかったら持ち帰りでおまえの夕飯にして。僕、ちょっと帰る！」

「……はいはい」

中嶋は呼び止めずに、あまつさえ、ひらひらと手を振ってくれる。

自分に珍しく自信があるのは、相方が勇気づけてくれたせいだ。今夜なら、忍に体当たりできそうだ。

とりあえず、もう一度くらい忍に会ってみよう。

どうして自分のところに来てくれたのか、その真意をはっきりと彼の口から聞きたい。

いや、それだけじゃだめだ。

自分の気持ちをぶつけて、全部終わりにするくらいじゃないと、このままずっと引き摺って立ち直れなくなりそうだ。

本人に引導を渡してもらうんだ
侑は唇を噛み締め、心を決めた。

初めての同人ゲームの即売会は、忍にとって徒労でしかない場所だった。

やけ酒を呷るつもりで駅近くのシグナルに寄って一杯引っかけたが、珍しく多人数の客が入ってきたので長居せずに帰宅することにした。

「あーあ……」

ついていない。

せっかくの週末なのに予定もないし、侑には拒絶されるし。

どこで何を間違えて、こんなふうに孤独な運命になったのだろう。

そもそも、忍はこんなみっともない大人じゃなかったはずだ。

もっと要領よく、思いどおりに生きていくつもりだったはずだ。

自分好みの花嫁をレンタルしようなんて、手軽な真似をしたせいなのか？

ふて腐れた気分の忍は、コンビニエンスストアに寄り、それから帰路を辿《たど》る。

ポケットに手を突っ込んだまま歩いていると、向こうから誰かが走ってくるのが見えた。

「！」

驚きに息を飲んだ忍に気づいたらしく、侑が目を瞠《みは》る。

そこで立ち止まるだろうかと思いきや、侑は加速度をつけて更に速く走ってきた。

胸に、どしんと彼の躰《からだ》がぶつかる。

顎《あご》に眼鏡がぶつかり、これがリアルなできごとなんだと実感してしまう。

このぬくもりは、侑の体温だ。

何か言おうとしたのに、声にならずに彼は息を切らせて忍に寄りかかっている。

「……は……」

これは夢か？　幻か？　新手のどっきりとか？

いったいどうなってるんだ。

「侑……？」

やっと彼の名前を呼べた。

「すき」

その言葉が聞こえた気がして、忍は文字どおりに硬直する。

沈黙。

道を一本隔てた大通りから聞こえる車の音が、二人を包み込んでいる。

「今、何て？」

勇気を出して、忍のほうから聞いてみる。

完全に、ただの勢いのはずだ。

「すき……です……」

全力疾走したあとで、彼は何とか声を振り絞り、忍を見上げた。

「あなたが、好きです」

「俺もだ」

出会い頭の事故のような告白について問い質《ただ》すよりも先に、忍は自分自身の思いを口走っていた。

「あ！　えっと、僕……」

唐突に狼狽《うろた》えたような表情になり、侑は顔を背けようとしたが、忍はそれを許さなかった。

つまり、耐えきれなくなって侑の頬を両手で包み込んだのだ。

お互いに好き合っているなら、もう制約はない。

「静かに」

そのまま唇を押しつけ、初めてのキスをする。

……うわ。

その唇は想像よりずっとやわらかくて、考えていたよりずっと甘い。

これが、侑とのファーストキス……。

「侑……」

好きだ。

この子のことが好きで、好きで、たまらない。

「好きだ」

たった三つの音で構成される言葉を立て続けに告げると、侑が目を潤ませた。

「さっきは、ごめんなさい……」

「いいんだ。驚かせるのわかっていたから」

「ごめんなさい」

そう言いつつも、侑は忍の背中に回した腕から力を抜かない。

痛いくらいに、侑の気持ちが伝わってくる。

「わかってるんだ。君も戸惑っていたんだろう?」

「……はい」

お互い、イレギュラーな出会いからなぜか恋に落ちてしまった。

互いに打算があったからこそ、この気持ちが恋なのか、相手の感情が何なのか、想像もつかなかった。

信じられないのも、躊躇《ためら》うのも、相手の気持ちを疑って揺らぐのも……すべて、お互い様だ。

そして、こうして再び巡り会い、相手の手を取ってしまったのも。

「……ごめんなさい……」

「謝らなくていい。俺のほうこそ、悪かった」

「忍さんだって、何も……何も悪くないです」

何度も謝ってくれる侑が、愛《いと》しくて、そして、可愛かった。

人通りが少ないとは言え公道で誰が見ているとも知れぬ場所なのに、こういうときの侑の行為は素直で裏表がなくて。

よけいに愛しさが募るからこそ、やめてくれなんて言えない。

むしろ、抱き締めていたいのは自分のほうだ。

侑を好きだから。

この小さな薄い背中を見つめているうちに、恋に落ちていた。

抗《あらが》いようのない重力に惹《ひ》かれるように。


「ん、ん……ふ……ッ……」

侑の唇に、忍のそれが重ねられている。

キスを繰り返しているうちに、それが何度目なのか数えるのをやめてしまった。

忍の台詞《せりふ》は、直球だった。

——君を抱きたい。

そう言われて、侑は「僕もです」と気圧《けお》されるように答えて、この事態になっていた。

侑は忍と交代でシャワーを浴びて、それからごく自然にベッドに連れ込まれた。

もちろん、異存はなかった。

なかったのだけれど、いくつかこれまでと違う点がある。

まず、今日は互いに最初から全裸だということ。

そして、忍がキスをしてきたこと。

唇を触れるだけではなく、舌を入れられるキスは何だか不思議とエロティックで、そして、されていると舌が麻痺《まひ》してくるかのようだ。

キスしたという刺激だけで下腹部がじんと痺《しび》れ、侑は陶然となった。

「侑……」

名前を呼ばれると、心臓が震える。

このあいだまでそんなことはなかったのに。

自分が彼を好きで、彼が自分を好きだとわかったときから、呼び方一つを取っても何もかもが特別になってしまった。

「ン…」

忍の肉厚の舌で唇をなぞられ、躰を強張らせてしまう。開けてほしいというように歯列の隙間に舌をくっと差し入れられると、指先がぴくんと震えた。

経験不足なのが見え見えで、恥ずかしい。

もちろん、自分が童貞だというのはばれているのだけど……。

「ん…ク……」

どうしようもなくなり、侑はぎゅっと目を閉じたままシーツを握り締める。

まるで彫像にでもなったみたいだ。

舌を歯と歯のあいだに入れられて、上顎の裏側の刺激に弱い部分を擦《こす》られて——それから。

次は右のやわらかな粘膜。左側。

「ふ、ん、ん、ん…んー…っ……」

先ほどから侑は忙《せわ》しなく鼻を鳴らし、鼻呼吸をしようと頑張っている。

苦しげなのが伝わってしまったのか、忍がそっと顔を離した。

「ごめん、侑……」

「なにが？」

「我慢できなくなってきた」

「え？」

「すぐにでも、挿《い》れたい」

端的な欲求を聞かされて、侑は頬を赤らめた。

いつも大人ぶっていた忍が、そんなふうに性急に自分を求めてくれるなんて想定外だ。

「それは……」

「嫌？」

無論、大歓迎なのだが、あれから一か月以上経っている。

自慰くらいはしたけれど、尻を弄《いじ》ってはいないので、もう入らない気がしていた。

「そうじゃなくて、久しぶりだから……は、入るのかなって……」

「挟むだけでもいいよ」

「素股《すまた》ですか？」

侑のクールな言葉に忍は噴き出して、「知識だけは豊富だな」と言って鼻を摘《つま》んできた。

息が苦しくなってもがもがしていると、忍は脂下《やにさ》がって手を放す。

「可愛い」

「だ、だいたい、知識だけって……酷《ひど》いです」

「そこがいいんだ。すごくピュアなのに勉強熱心で、俺にはない知識をたくさん知ってる。君には驚かされてばかりだ」

耳年増と言われるかと思ったが、そんなことはなくて。

可愛いと言われると、躰の芯からどろどろに溶けてしまう気がする……。

「どうして、僕のこと……そうやって全肯定しちゃうんですか？」

「否定されたい？」

逆に問い返されて、侑は首を横に振る。

「誰だっていいところも悪いところもある。君は俺にない、いいところをたくさん持ってるんだ」

ずるい……。

そうやって大人の余裕で、彼は侑のすべてを許してくれる。

「忍、さんも……です……」

「ん？」

「いいところ、いっぱいありすぎて……数え切れない」

「嬉しいよ」

優しく囁《ささや》いた忍は、くたりと力を抜いた侑の隙間に指を差し入れてくる。

「あっ！」

「久しぶりだから、ちょっとつらいかも」

あのときに使ったローションだろうか。ぬめったものを、尻の狭間《はざま》に塗りつけられているのはわかった。

「ん、ふ……はあ……」

ぬちゅぬちゅと音を立てて、忍の指が抜き差しされる。

目も眩《くら》むような刺激に、侑は口を開けたまま喘《あえ》ぎ続けた。

「や、あ、は、ああ、あん…ッ」

「ここ、苦手になった？」

「ううん……きもちいい……お尻、すごく……」

素直に感想を述べながら、侑はシーツを両手で摑んで腰をくねらせる。

入り込んだ指は、早いペースで侑の中を掻き混ぜ、追い込んでいく。

「ひ、ぅうう…ッん、ん……」

弄られているうちに、初めて気づいた。

昔よりもずっと、躰が敏感になっている。忍が欲しくてたまらなくて、こんなふうにあられもない格好で腰を振ってしまうくらいに。

「あ、ふ……ん……」

「よかった、感じてるんだね」

「うん……熱い……」

言われるまでもなく、自分のものが熱く硬くなっているのがわかる。全身の血がそこに集中しているみたいで、怖いくらいだ。

気持ちいい。

「ん…ふ……」

ローションの音か何なのか、ぐちゅぐちゅという音が耳に届く。

自分の体温のせいで、ローションが溶けているのだろうか……。

嗜《たしな》みの一環で読んだBL小説の表現を思い出し、侑はぴくっと躰を強張らせる。

「ごめん、痛かった？」

「ううん。僕、すごく……昂奮《こうふん》、して……はずかしい……」

「何言ってるんだ、可愛いよ」

忍は蕩《とろ》けそうな笑みを浮かべて、侑の頬骨のあたりにキスをした。

「あー……ッ」

そのあいだもくちゅりと弄られて、とうとう、侑は達してしまう。

尻の刺激だけで達してしまったことを恥じ、侑は唇を戦慄《わなな》かせた。

「すごいな、ここだけで達《い》けるんだ」

感心しきった様子で言われると、恥ずかしさが倍増する。

「ここは、どうなのか知りたかったな」

囁いた忍は、侑の胸元に吸いついた。

「あッ！　あ、や、そこ……何であ、あ、っ……」

乳首を舌先で転がされて、侑はあっという間に快楽の淵《ふち》に追いやられた。

ぴんと尖《とが》った乳首が屹立《きつりつ》し、快感を訴えている。

すごく、いい。

どこもかしこも気持ちよくて、よくて、たまらない。

だけど、乳首なんて今の侑には二の次だった。

忍が欲しい。

「あの……乳首は、まだ……」

「え？」

早く忍を欲しくて、つい、そんなことを口走ってしまう。それに、知らない情報を入れられると、侑のキャパシティを超えそうだ。

「まだ、そういうゲーム作らないです。だから……」

はじめは目を丸くしていた忍は、やがて真顔になって侑を見下ろした。

「——侑」

「はい……」

「わかってる？　俺は君を本気で好きなんだ。君はシナリオのために俺としてるの？」

「ううん……でも、忘れたくないから」

侑は本音で答えた。

「シナリオに、すれば……何されたか、覚えてる……忍さんとのこと、ぜんぶ……」

「…………」

忍が目を瞠る。

侑には、彼の表情の変化がつぶさにわかった。

「だから……忍さん、挿れて……ください」

「え？」

「なんか、僕……すごく欲しくなってきて……」

上目遣いになった侑が訴えかけると、忍は「うん」と首肯する。

「挿れるよ、侑」

「はい」

忍は侑のほっそりとした両脚を抱え込み、そこに昂《たか》ぶりを押しつけてくる。

よかった、すごく、熱い……。

期待しているのは自分だけじゃないんだって、わかる。

「どう？」

「熱い、です」

「それだけ？」

「……中に、来て」

侑が頬を火照らせたまま訴える。

「忍さんのおっきいので、侑の中…ぐちゃぐちゃにして……！」

「ッ」

次の瞬間、ずんと勢いをつけて忍自身を打ち込まれた。

脳天にまで突き抜けそうなほどの、痺れが全身に広がる。

「…っは……」

「痛い？」

軽く達してしまったらしい。

射精しなかったのが不思議なくらいの、激しい衝撃だった。

「ううん……きもちいい……」

躰の中に熱が溜《た》まり、それがじくじくと渦巻いているみたいだ。最奥《さいおう》に溜まった熱いものを、どうしても、吐き出せない。

「全部、挿れた？」

「まだ……ほら、入る……」

忍が囁きながら、中に向かって腰を進めていく。

ずぷ…と、肉と肉のあいだを掻き分け、忍が入ってきた。

襞《ひだ》の狭間を掻き分け、押し退《の》け、忍の肉体が近づいてくる。

「ああ…は……ッ……」

痛い、けど、きもちいい。

溶けちゃう。

いつの間にか侑は忍の腰にしっかりと脚を絡め、その感覚を受容していた。

もっと深く、欲しい。

もっと、もっと。

「忍、さん……もっと……」

「すごく、きつい」

忍の掠《かす》れた声が鼓膜を擽《くすぐ》り、それがよけいに侑の昂奮を煽《あお》り立てた。

もっと忍に獣みたいに溺《おぼ》れてほしい。

「いい、から……もっときて……」

「侑」

「中、ぐちゅぐちゅにして……？」

どう言えば忍を煽れるかわからなくて侑が躊躇いがちにそう発した瞬間、彼が侑の腿《もも》を摑む手に力を込める。

「あっ⁉ あ、あ、ん、や、ああっ」

突然激しく腰を動かされて、意味がわからないくらいに声が揺らいだ。

あまりの激しさに涙がぽろぽろとこぼれ落ちる。

一瞬忍はぎょっとしたように動きを止めたが、すぐにまた、荒々しい律動に戻る。

「ご、めん」

微かな声で聞こえた謝罪に答える余裕もない。

「はあ、あ、あっ、まって、まっ…やあ、あっ、そこ、そこ……」

「もしかして、ここ？」

嘘だ……。

体内の奥深くに感じる部分があると聞いたことがあるけど、こんな交わりの最中にそれを発見できるなんて。

「侑？」

「そこ、そこ…いいから、そこして……もっと、ぐって……」

ところどころ舌足らずになりながら、侑は懸命に訴える。

忍としたい。うんと気持ちいいことをして、どろどろになって、溶けて、混ざり合いたい。

「しのぶ、さん……いい？　きもちい？」

「うん」

忍が頷きながら腰を動かし、侑の中を忍でいっぱいにしていく。

「ん……」

キスをされて、侑は夢中で忍の舌を追いかける。

そうだ、気持ちいいに決まっている。

そうでなければこんなふうに夢中になってくれないだろう。

そう思うと幸福感が溢《あふ》れ、侑は自ずと忍を絞り込んでしまう。

「ごめん、出す……」

何度目かのキスの合間に、忍が耳打ちする。

「だして、おねがい……はやく……」

「侑」

「ひん、んあっ…あ、…出てる、熱い……熱いの出てる……っ」

喘ぎながら訴える侑の中に、激しく突き上げながら忍が体液を注ぎ込む。

それを感じた途端、侑の体内でも小さな爆発が起きた。

頭が、真っ白……。

一瞬、侑は何も考えることができなかった。

「あ……僕……?」

気づくと、自分の腹のあたりにも白いものが飛び散っている。

「初めて、だね」

「え?」

「俺の中出しで達ったんだ。すごいよ、侑」

褒められた侑は顔に朱を走らせ、口をぱくぱくさせる。

言葉にならない。

「嬉しいよ。俺と一緒に達けたってことだろう?」

「は、い…」

羞恥《しゅうち》から声が掠れてしまっていて、侑はどうすればいいのかわからなくなる。

「可愛いよ」

第一声を迷っていると、忍がそう微笑みかけてくれたので。たまらなく愛しさが込み上げてきて、侑はそっと躰を起こして自分から忍にキスをする。この体勢がつらいなと思う寸前に、手を伸ばした忍が侑の背中を抱き留めてくれた。

長々と二人で睦《むつ》み合ったあと、侑は着替える気力もなくベッドに寝転がっていた。

起き上がった忍が着替え始めて、侑は「ええと」と答える。

「侑、水か何か飲む？」

途端に、侑の腹が鳴った。

「お腹空《なかす》いた？」

「……はい」

何か料理をしたいのだが、疲れてしまっていて気力が出ない。

忍は困惑した様子で、腕組みをして首を傾《かし》げた。

「困ったな、今、あるのって……カップ麺《めん》だけなんだけど」

「そうなんですか？」

カップ麺で日夜過ごしていたのであれば、退化にもほどがあると侑は呆れてしまう。

「うん。君がいないと料理する気もしなくて」

「じゃあ、餓死《がし》するつもりだったんですか？」

「まさか。君に会うまでは死ねないよ」

「大袈裟です」

侑が頬を染めて告げると、忍は「そうだね」と微笑した。

「とりあえず、カップ麺でいい？」

「十分です」

何度も抱き合ったあとでは、動く気力がない。

かといって、忍にコンビニエンスストアまで買い物に行ってくれとは言えなかった。

「よかった」

忍は安堵した様子で頷く。

そのまま忍がキッチンへ行くと思いきや、彼はそのまま足を止めて咳払《せきばら》いをし、そして、不意に姿勢を正した。

「それで、あの……」

「何ですか？」

いきなり歯切れが悪くなったので、侑は彼がこれから何を口走るのかと不安を覚える。

「つき合ってもらえないかな」

忍が真顔で言ったので、侑は目を丸くする。

「僕で、いいんですか?」

「当たり前だ。そうじゃなければ、君の領域にまで乗り込まないよ」

そういうところが、すごく忍らしくて――好きだ。

侑は頬を染めて俯く。

「返事は?」

「一つだけ、確かめたいことがあるんです」

「何?」

「幼馴染みの方のことは吹っ切ったんですか?」

侑が精いっぱいの勇気を振り絞って尋ねると、忍は眉根《まゆね》を寄せた。

「幼馴染みって……浩二《こうじ》?」

浩二?

思いっきり男性名じゃないか。

「名前は知らないけど、その人を吹っ切るために花嫁派遣を希望したんでしょう?」

「ああ!」

途端に忍は明るい声になった。

「違うよ」

「違うんですか？」

「浩二みたいな……あ、俺の幼馴染みなんだけど、あいつみたいなやつが年貢を納めるほど、結婚っていいのかなって思っただけで」

忍の回答が予想外のものだったらしく、侑はぽかんとしている。

「じゃあ、幼馴染みの人を好きだったわけじゃないんですか？」

「残念ながら、違う」

なんだ。

侑の考えは杞憂《きゆう》だったのだ。

ふーっと息を吐き出す侑に、忍は「もしかして、気にしてた？」と問う。

「すごく……」

「ごめん。早く聞いてくれればよかったんだ」

そう言って彼はスマホを操作し、浩二なる人物の写真を見せてくれた。

体格がよくて日焼けして短髪……侑とも忍とも、まるで違う見た目だった。

無論、侑との共通点なんて欠片もない。

「だって、忍さんはクライアントだから……そんな踏み込んだこと、聞けません」

「それもそうか」

申し訳なさそうな顔になった忍は、表情を引き締める。

「さて、と。——誤解が解けたところで、君の返事を聞きたい」

「末永くお願いします」

侑の返事を聞いて、忍が噴き出した。

「まるでプロポーズの返事みたいだ」

ひとしきり笑われたあとの感想がそれで、侑は恥ずかしくなってしまう。

「……すみません」

だけど、からかってきた忍だって少し照れくさそうに頬を染めている。

「いいんだ。それくらいに本気だから」

さらりと告げられた忍の言葉に驚いて顔を上げると、彼が顔を近づけてきて、そこでぴたりと止めた。

「あのバイト、やめたって聞いたけど、もうしない？」

「しません」

「よかった、安心した」

好きだから、ほかの人と嘘でだって結婚なんてしないで。

耳打ちしてきた忍が、何だか少し可愛い。

シナリオを書くのに当分困らないだろうから、そのあたりは気にしなくていいのに。

不安があるとすれば、実体験を織り込みすぎてしまいそうなことくらいだろう。

「俺のことも、末永く頼むよ」
囁いた忍が、侑の唇を塞《ふさ》ぐ。
キスは、とても甘くて躰に力が入らなくなる。
これが映画やドラマだったら、『この作品はフィクションです』のテロップが入る。
だけど、ゲームでも何でもない。
これは紛れもなくリアルで、お互いに恋する人を手に入れたのだ。
そう、これこそがまさに最高のトゥルーエンドだった。

あとがき

こんにちは、和泉です。このたびは『花嫁さん、お貸しします』をお手に取ってくださってありがとうございました。

普段、濃厚系と甘々系は割と意識して区別して書いています。取り分け今回は春らしく、ふわっとした甘くて可愛いタイプのお話にしようと思い、そうなるように心がけて書きました。自分らしさはやっぱりエロスなシーンに込めよう！　ということで、甘いくせにそういうシーンは濃いめになった……と思うのですが、いかがでしょうか？

ほとんど忍と侑しか出てこない内容なのですが、二人の新婚生活を書くのは楽しかったです。特に、侑は濡れ場でのポテンシャルがなかなかすごく、つい筆が乗ってしまいました。まだ始まったばかりの二人を、可愛がっていただけますと嬉しいです。

近況としては、このところあまり代わり映えのない日々を送っています。

それではいけないと去年から仕事場を借りたので、出勤ついでに外出する機会は増えました。外に出てみると刺激が多く、前よりも季節の変化を明確に感じるようになったと思います。

とはいえ、疲れちゃって毎日は出勤できていないので、もっとちゃんと出かけたいなあと思っています。

最後に、お世話になった皆様にお礼を。

可愛くも色っぽいイラストでこの本を彩ってくださった、神田猫様。以前から漫画を拝読していたので、挿絵を描いていただけることになりとても嬉しかったです。どんなカップリングにしようかとわくわくしながら書きました。お忙しい中、ありがとうございました。

この本を担当してくださった、編集部のO様とA様。大変お世話になりました。

そして今作をお手に取ってくださった読者の皆様に、心より御礼申し上げます。

気づくとこれが2014年最初の本です。少しでも楽しんでいただければ、それに勝る喜びはありません。

それでは、また次の本でお目にかかれますように。

和泉　桂

✦初出　花嫁さん、お貸しします……………書き下ろし

和泉 桂先生、神田 猫先生へのお便り、本作品に関するご意見、ご感想などは
〒151-0051 東京都渋谷区千駄ヶ谷 4-9-7
幻冬舎コミックス　ルチル文庫「花嫁さん、お貸しします」係まで。

幻冬舎ルチル文庫

花嫁さん、お貸しします

2014年4月20日　第1刷発行

✦著者　和泉 桂　いずみ かつら

✦発行人　伊藤嘉彦

✦発行元　株式会社 幻冬舎コミックス
〒151-0051 東京都渋谷区千駄ヶ谷 4-9-7
電話 03(5411)6431［編集］

✦発売元　株式会社 幻冬舎
〒151-0051 東京都渋谷区千駄ヶ谷 4-9-7
電話 03(5411)6222［営業］
振替 00120-8-767643

✦印刷・製本所　中央精版印刷株式会社

✦検印廃止

ISBN978-4-344-83114-8　C0193　Printed in Japan